走过北欧

Northern Europe

熠翼◎著

中国言实出版社

图书在版编目（CIP）数据

走过北欧 / 熠翼著 . -- 北京：中国言实出版社，2020.1

ISBN 978 - 7 - 5171 - 3326 - 1

Ⅰ. ①走… Ⅱ. ①熠… Ⅲ. ①游记—作品集—中国—当代 Ⅳ. ①I267.4

中国版本图书馆 CIP 数据核字（2020）第 012359 号

责任编辑 王蕙子

责任校对 宫媛媛

出版发行	中国言实出版社	
	地　址：北京市朝阳区北苑路 180 号加利大厦 5 号楼 105 室	
	邮　编：100101	
	编辑部：北京市海淀区北太平庄路甲 1 号	
	邮　编：100088	
	电　话：64924853（总编室）　　64924716（发行部）	
	网　址：www. zgyscbs. cn	
	E - mail：zgyscbs@ 263. net	
经　销	新华书店	
印　刷	三河市华东印刷有限公司	
版　次	2020 年 7 月第 1 版　　2020 年 7 月第 1 次印刷	
规　格	710 毫米 ×1000 毫米　　1/16　　11 印张	
字　数	112 千字	
定　价	48.00 元　　ISBN 978 - 7 - 5171 - 3326 - 1	

前　言

　　二〇一八年七月，我因为某些特殊情况，决定继续前往美国学习一段时间。在准备出国学习前的半年里，由于工作量相对较大，同时要在工作之余协助肢体残疾的哥哥找到合适的工作单位，还要完成在长沙和成都两个厨师学校预订的餐饮课程的学习，感觉自己每天都在忙碌中度过。时间久了，深感疲惫。于是，在出发前往美国学习之前，我决定给自己放个假，出去走走。

　　因为出行前可预留的休息时间合计有二十五天左右，我便决定先去北欧的赫尔辛基、斯德哥尔摩、奥斯陆和哥本哈根，再从哥本哈根到德国的法兰克福和法国巴黎，最后从巴黎前往美国。

　　行程基本确定后，由于出行的前一天还在工作，因此，出行前我并没有太多的时间做功课。关于北欧，头脑里有的都是些最粗略的概念，比如，芬兰的北极光、瑞典的城市、挪威的森林、丹麦的自行车。然而，待我真正走进这些国家，走近不同的景点、不同的街道、不同的餐馆，与不同的人接触时，却又感觉，原来真正的北欧比我头脑中粗略的概念来得更加具体、更加精致，也更加有韵味。

十三天的旅程，不知不觉爱上了北欧。我爱赫尔辛基的参议院广场、大教堂、芬兰堡，爱它设计区的概念店、集市广场的小吃，还有它的桑拿文化。我爱斯德哥尔摩市政厅、诺贝尔博物馆、老城区，也爱它细长的街道、街边简朴的小店，还有它的地铁文化。我爱奥斯陆的歌剧院、诺贝尔和平中心、阿克斯胡斯城堡，也爱它的大海、三文鱼，还有它的冰淇淋。我爱哥本哈根的新港、美人鱼、自由城，也爱它的菜市场、步行街和街头艺术表演。

我把所有爱着的写进了本书的不同篇章，也把在每个城市出行时遇到的不同境况，在每个旅馆遇到的不同朋友和他们的故事，在某些领域感受到的中西方文明的差异，以及我对这些文明差异的感悟，对人类社会追求自由、公正、公平等价值的感动和对过去生活的追忆写成了记忆。

如果你有缘看到此书，我希望它可以带给你一点点感动。因为我坚信，旅行是了解世界文化最好的方式。在这种文化了解中，有最直接的文化差异性的再现，也有最直接的文化认同的再现。而这些再现，在带给我们思想冲击的同时，更多的是思考。

一本好书，应该有好的文字、好的表达方式，还应当有好的内容和好的价值追求。我不敢说这是一本好书，但我相信这不是一本坏书，期待与你相遇在这本不长不短的游记中。同时，欢迎看到此书的你，有空或有感时给我来信或来邮，并对此书提出你的宝贵建议，我的成长将感谢有你！

目　录
CONTENTS

第一部分 **01**

赫尔辛基

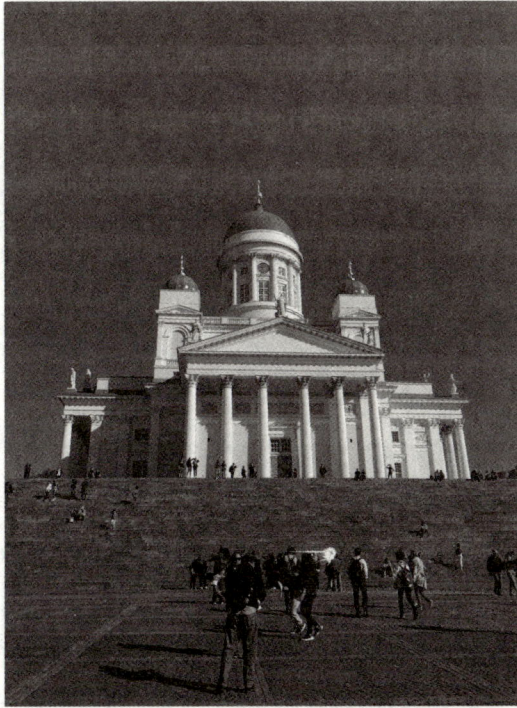

从上海到赫尔辛基

二〇一八年八月二十二日，下班后，我匆匆忙忙从事务所赶回家收拾行李，并在两个小时内将家里打扫干净，等待房东过来收房，然后将行李搬到马路对面的妹妹家。在妹妹家吃过晚餐，他们一家开车送我到机场的酒店过夜，并准备明天的出行。

晚上九时许，车子驶上延安高架，一路向浦东开去。长时间的忙碌，我很是疲惫，头倚着车窗，斜着身子躺在后座上。车窗外，依然是那些熟悉的街道、熟悉的高楼、熟悉的灯火，甚至是熟悉的空气，对这个生活了十来年的大都市，我有些留恋。

八月二十三日，天气特别好，六点半醒来，早早梳洗，然后坐酒店的通勤车去机场。十点，飞机正式起飞，经莫斯科中转，前往赫尔辛基。虽然不是第一次出国，也不是第一次去国外学习，然而，飞机起飞的那一刻，望着机窗外渐渐远去的跑道，还有那离自己越来越近的云层和蓝天，前晚的留恋瞬间变成了不舍。一个人的生活，有时就是这样，离开哪里，都像离开家……

大约十五个小时过后，飞机于当地时间晚上八点左右安全降落在赫尔辛基的万塔机场。万塔机场的入境大厅比较狭小，装修古朴，厅顶和服务窗口均被漆成深棕色。这似乎与北欧人的内敛和厚实的个性有些相符。可能已是晚上，入境大厅只有四个窗口提供服务，随机抵达的乘客比较多，大家都在排队等候。站在我前后的十来个人，多数是从日本、韩国、中国、朝鲜等国前往芬兰的留学生。原本以为学生的入境一般都比较方便，然而站在我前面的两个朝鲜学生的入境审查意外陷入了困境。站在两米外的黄线外，看他们不断地向工作人员递交各种文件，并用不太流利的英文一遍遍解释，我深感他们的入境审查并不容易。事实上，我从未去过朝鲜，也不认识朝鲜人，但从日常的新闻资讯中，对于这个东方邻国在国际上的生存处境多少有些知悉，此刻突然有种异样的领悟。不过，无论如何，我对于两个学生在入境审查时表现出的友好、礼貌和自信由衷地赞赏。作为普通百姓，不管来自哪个国家、哪个民族，我们中的大多数人都不天然负有出生地或成长环境的选择和决定权，但是，为了生存，为了生活，为了理想，我们却又似乎天然地负有面对困难不妥协、不放弃的责任和义务。在这个狭小的入境大厅，我突然有些迷惘……

　　朝鲜学生的入境审查时间很长，站在他们身后，静静地等了半个多小时，依然无望。于是，我不得不站入其他队伍，继续排队向前。约莫又是半个多小时过去，终于顺利入境。推着行李走出机场，准备坐公交前往市中心。尽管我的手机开通了国际漫游，信号也正常，可那会儿却始终无法使用搜索功能，有些无奈，遂又折回机场服务台咨询前往旅馆的路线。服务台的小姑娘，小巧玲珑的面容，高高束起的马尾，微微上扬的嘴角，看上去很精神也很友善。我向她打听前往旅馆的公交车，她十分友好地告诉我乘车路线、乘车费用，以防我错过下车站台，她还特意将终点站站名写在一张小纸条上，提醒我在公交车上注意核对。我有些感动，为她那善意的提醒和温暖的笑容。

再次从机场出来，早已暮色沉沉，机场周围高高架起的路灯以及公共交通站台上闪亮的广告牌将公交站照得亮堂。而这种亮堂，容易让人产生天亮的错觉。深夜的公交车，似乎有些慵懒，站在站台静静地等候很久，依然不见车的踪影。站台上，除了我之外，还有一年轻小伙子，估摸二十来岁，身高近一米八，戴着牛仔帽，背着巨大的旅行包，漫长的等待，他也深感无聊。我们各自在站台踱步，没有出声，只是微笑着，算是打过招呼了。差不多一个小时过去，公交车终于驶入站台，由于不太习惯在黑暗中出行，特别是在异国他乡，一坐上公交车，便觉进了安全区。

万塔机场在赫尔辛基的北部，离市区约一小时车程，有二十多个车站。机场周边人烟稀少，公交车驶离机场的半个多小时里，车窗外没有高楼，没有集镇，也没有往来人群，只有昏黄的路灯、密集闪过的树林和它们在灯光下留下的倒影，还有依稀散落在树林里的居民家的晚灯。我禁不住有些担心，旅馆在远离公交站台的某个树林深处，而我却不知如何抵达……小心翼翼地拿着服务台小姑娘给我的纸条，认真地听着公交车上的报站，生怕有半点失误而错过车站，同时，期待着奇迹的出现……

　　深夜十一点三十分左右，公交车终于驶出了漫长的林荫道，来到了市区。透过窗户，我看到了高楼，看到了集镇，看到了街道上三三两两的行人，听到小纸条上的站名时，我那悬着的心也瞬间放下了。我坚信，上天其实一直是怜爱我的，此刻，我只有感恩。

　　旅馆就在站台的对面，跨过大街即可到达。赫尔辛基的夏夜，十分安静，也十分清凉。推着两个行李箱，快步穿过街道，来到旅馆前门。上前按了按门铃，没有人应答。一路上的奔波，早已疲倦，我坐在街边的台阶上，拿出手机翻看旅馆邮件，以期能找到其他的入住方法。实际上，在我出发前，旅馆已向我发了邮件并附上了自助入住指南，但那时工作忙，也没细看邮件内容，于是，对于如何入住也就一无所知。依据入住指南，晚上十点前，客人可以自助入住，十点后，则需要事先与旅馆沟通，以便确认入住时有人开门。我没有事先沟通，很是担心酒店服务人员早已入睡而没人给我开门，怀着忐忑的心情试着拨通了旅馆的电话，电话那头有人接话，是个男士，而且说的是中文，我有些讶异。正当我怀疑自己是不是拨错了号码时，他向我解释，他也是中国人，他从我的预定信息知道我来自中国，由于没有看到我入住，他担心我到达太晚，不知如何办理入住手续，所以一直在等我的电话。听完他的解释，所有的疲倦瞬间都被感动融化了，眼泪在眼眶里打转……

　　我依他的说明，顺利进入旅馆。其他客人都睡着了，我小心翼翼地放好行李，简单地冲了个热水澡，便躺在床上，也安稳地睡着了……

甜梦旅馆

在赫尔辛基的三个晚上，我决定住在甜梦旅馆，一个类似青年旅舍的旅馆。这一方面是为节约出行成本，另一方面是期待借此深度体验欧洲的青年旅舍文化。

首次听到青年旅舍，大约在二〇〇九年。那时，我准备前往日本拜访同学伊藤贵子，她也是我从硕士阶段至今最知己的朋友。她在来到中国前，有过不同国家旅游的经历，关于订酒店，她告诉我，如果想住到安全又经济的酒店，那就选择青年旅舍。尽管那年的"日本行"因为找到实习工作而取消，但我却自此记住了青年旅舍——这个陌生而又亲切的名字。

二〇一四年八月，我有幸去到荷兰，在马斯特里赫特——一个美如画的小城市，首次住进了青年旅舍。在那里，我第一次体验了集体宿舍式酒店的特色，也第一次尝试着理解了青年旅舍的创设理念。

青年旅舍，创设于二十世纪初的德国。当时的德国倡导青年运动，有学者提出，青年人不论贫富，都应该走出去认识外面的世界。

一九一二年，德国教师理查德·希尔曼在阿尔特纳的废弃古堡创设了第一家青年旅舍。旅舍设施相对简单，包括高低床、被褥、个人储物柜、小桌椅、公共浴室、自助餐厅、公共活动室、游戏室、洗衣房、小卖部等。这种简单的旅舍，由于收费相对便宜，极大地减少了青年人出行的经济负担，同时为青年人提供了独立自主、广结朋友的新天地。一九三二年，国际青年旅社联盟在荷兰的首都阿姆斯特丹设立，该联盟的宪章规定国际青年旅社接待的客人不受国籍、种族、宗教信仰、性别、政治等因素的限制，这更加促进了青少年们，特别是背包客们对它的青睐。

第二次世界大战后，世界经济经历了一个漫长的复苏过程。随着经济的复苏和恢复性增长，世界各国出门旅游、留学或工作的青年人越来越多。国际青年旅社联盟慢慢地在全球八十多个国家的大中城市开设了旅舍，为青年人的出行带来了便利。但青年旅舍的增长，终究抵不过出行人数的增多，于是，很多国家和地区雨后春笋般地涌出了许许多多与青年旅舍类似的旅馆，这些旅馆也是连锁经营，同时，它们与青年旅舍有着相似的装修风格和内部管理模式，很受背包客的欢迎。

甜梦旅馆就是这种类似于青年旅舍的旅馆，旅馆不大，但厨房、餐厅、活动室等一应俱全。可能因为疲惫，在赫尔辛基的首晚，我睡得出奇的好。第二天一早醒来，便觉神清气爽。旅馆的厨房位于临街面，清晨，阳光透过窗户，柔柔地洒在厨房的台面上，很安静，也很柔美。我趿着拖鞋走进厨房，煮了点热水，然后坐在餐桌前小息。餐厅的背面墙上贴满了花花绿绿的贴纸，写满了来自世界各国旅客的留言。读着那些稚嫩的文字，很是理解这些陌生的朋友在每一个驿站的感触，有开心，有挑战，有疲惫，也有理想。但是，任凭沧海桑田，而我们终究只是天地一粟……

　　我刚坐下不久，另外两位旅客也过来吃早餐，我们随意地招呼着"Hello"，然后自然地聊开了。这两位早起的客人分别是来自美国亚利桑那州的 John 和澳大利亚的 Emily。John 六十来岁，鼻头有些勾，眼睛炯炯有神，顶着一头全白的头发，外加一顶灰色牛仔小帽，宽松的 T 恤套在褪色的牛仔裤上，看上去有点诙谐，但也有点慵懒。他的早餐是面包、牛奶和自制煎蛋。他坐到餐桌最里边，边看小报边向我们介绍他自己、他的早餐，还有他惬意的退休生活，说到开心处不禁眉飞色舞。John 是典型的美国人性格，乐于表达，人很随性，我是这么认定他。Emily 却相反，看上去很年轻，约二十多岁，但眼神略带忧郁。她一头棕色的长发，柔柔地披到肩膀，说话时轻声细语；一身黑色运动衫，很简单，看上去很放松。她告诉我们，她喜欢旅游。七月份，她辞去了工作，决定用一段时间周游世界。在到达赫尔辛基前，她还去了中国和俄罗斯，她很喜欢北京的故宫、长城，莫斯科的红场……就这样，我们漫不经心地聊着各自的生活和旅程。半个小时后，我们对彼此有了初步的了解，早餐也随着一句"Have a nice day"愉快地结束了。

　　一个小小的旅馆，给喜欢自由行的旅者一个临时的、廉价的"家"，但却伴有一份健康的、友善的"情谊"。我禁不住对青年旅舍创设者心怀敬意，一个良好的理念，成就着许许多多青年人的旅行，也成就着我环游世界的梦想！

参议院广场

参议院广场位于市中心，是赫尔辛基的政治、宗教、科学和商业中心。记得出发前，来自瑞士的一个朋友，和我聊到他在赫尔辛基的旅行时说，他最喜欢的地方便是参议院广场，因为那里有历史的痕迹。我很相信他，自然也信赖他的推荐。于是，我在赫尔辛基的首站便选择了参议院广场。

从旅馆到参议院广场交通十分便利，可以步行，可以坐地铁，也可以坐电车。在这里，地铁交通票和电车交通票是通用的，旅客可以在便利店选购一天、两天或三天三种交通票。这种交通票还有一个特别实惠的地方，旅客可以拿着它免费乘坐渡轮或水上巴士。我选择了三天的交通票，然后坐上电车直奔参议院广场。

赫尔辛基的电车共有十二条线路，一般通过车身不同颜色进行区分。据不完全统计，整个城市每天有二十万人左右乘坐电车出行。

高峰时段，一般五分钟到十分钟一趟，其他时段，十分钟到二十分钟一趟。这些电车在十九世纪八十年代初就开始运营了，经过一个多世纪的风风雨雨，它们依然每天穿梭在城市的街头，并由此形成一道道亮丽的城市风景线。

记得二〇一〇年七月，我从法学院毕业，租住上海中山公园附近的宣化小区，直到二〇一五年六月前往英国学习时退租离开。在那里连续居住五年，除了喜欢那里便利的交通外，还有一个原因，那便是我对愚园路和愚园路上二十号电车情有独钟。愚园路长宁区至静安区段上个世纪初曾为法租界区域，街道两旁的法国梧桐一直保护得很好，每到夏天，枝繁叶茂。二十号电车线路就穿过这些梧桐树荫向东西方向延伸。傍晚时分，我和室友娟子一起到愚园路散步，并在路边的小店逛逛。当二十号线拖着长长的辫子从我们身边经过时，总是禁不住让人怀念，念那不曾经历的解放年代，怀念那个时代人与人的之间的亲近、友好和互信……于是，久而久之，便形成了这样一种印象——电车是交通工具，也是城市和社会发展的象征性符号。这个符号让我们对历史有所记忆，也对历史有所缅怀……

电车在狭窄的街道上缓缓向前，穿过戏剧学院、城市广场，然后直达参议院广场，全程大约十五分钟。从电车上下来，放眼望去，整个广场十分空旷和壮阔。它的东面是总理办公室，西面是赫尔辛基大学主教学楼和图书馆，北面是赫尔辛基大教堂，南面是商业街。也许正是这种布局，使参议院广场享有赫尔辛基政治、宗教、科学和商业中心的美誉。

由于天气晴好，广场上集结着来自世界各地的游客，或成群结队，或三三两两，好不热闹。整个广场地面由石块或石子铺设，经过岁月的洗礼，这些石块或石子都已变得十分光亮，穿着皮鞋踩上去，有时还可以直接感触到它的润滑。我喜欢这种润滑，因为它是岁月的影子。

穿过人群，走向广场中央，沙皇俄国亚历山大二世的铜像就矗立在那儿。根据相关资料记载，芬兰历史上被瑞典统治了六百年。一八〇八年俄国发动俄瑞战争，打败瑞典，从而结束了瑞典对芬兰几百年的统治，并由此开启了俄国对芬兰一百余年的统治。为管理好芬兰，亚历山大一世在此建立自治大公国，给予芬兰一定的自治权，包括政府官员由芬兰人担任，原有的议会保留立法权，并决定芬兰地区部分事务，但大公国的总督由俄国沙皇指派。在亚历山大二世统治期间，他进一步扩大了芬兰的自治权，并废除了当地的农奴制，此举推进了芬兰的资本主义发展。芬兰人为纪念亚历山大二世的"丰功伟绩"，于一八九四年在此设立铜像，并保存至今。

事实上，一九一七年俄国十月革命后，芬兰宣布独立。但一九三九年十一月至一九四〇年三月，苏联入侵芬兰，发动"冬季战争"，迫使芬兰将拉多加湖北岸和北冰洋上的小芬兰沿海地带割让给苏联。一九四一年六月，为了收回失去的领土，芬兰加入了轴心国（二战中以德国、意大利和日本为中心的战争联盟）阵营，并在德国入侵苏联三天后对苏联宣战，从而收复了"冬季战争"中的失去的土地。此后，芬兰为建立"大芬兰"国，将战事进一步东扩。一九四四年六月，苏联对芬兰发起反攻，芬兰战败。九月，双方签订停战协定，芬兰就此脱离了轴心国，并在一九四七年和一九四八年间与苏联签订了诸多条约，约定了芬兰与苏联的"附属"性关系。一九九一年，苏联解体，芬兰与苏联的"附属"关系终止，芬兰得以重新掌握自己的命运，并于一九九五年加入欧盟。

"芬兰与苏联的这段关系"，让我想起清政府与帝国列强签订的诸多不平等条约和由此形成的"附属"关系。正是这种"附属"关系导致了国家主权的步步沦丧和部分领土的永久性流失。作为新中国成立后成长起来的一代，虽不曾亲身经历那段历史，但我知道，"落后就得挨打"必将成为我们这一代人成长岁月中矢志不忘的历史教训。

亚历山大二世铜像的底座四方各有一座铜像，听旁边带队导游介绍，四个方向的铜像分别代表着和平、正义、科学和艺术。我不知道设计者的设计初衷，但我知道和平、正义、科学和艺术对于人类不同寻常的意义。记得在美国留学期间，曾在一本法律著作中读到美国早期一位总统对于国家发展特性的一段论述。其大意是：对于任何一个国家，在建国之前，只有一门功课，那便是政治；建国之初，只有一门功课，那便是经济；建国之后，可以有多门功课，比如数学、物理、艺术等。很显然，这段阐述很精辟。中国的近、现代发展史就是一个鲜活的例证。芬兰的历史，没有中国那么漫长和曲折，但也有过不少的纷争。纷争过后，一切归于和平。如今，这个国家，因为美丽的自然风光、较小的贫富差距、超高的社会福利等，成为世界上幸福指数最高的国家之一。我相信，这一切的获得离不开它的政治稳定，离不开它的经济发展，也离不开它对科学和艺术的尊重。

铜像外围有个四方小花园，小花园的四周矗立着高大挺拔的石柱和乳白色花灯，周边放着长椅。很多人围坐在这里休息、交流、拍照留念。就这样，一个广场、一座铜像，在人来人往中无声地向我们讲述着这个城市的故事。我爱了解这样的故事，因为它带给我怀念，也带给我思考……

赫尔辛基大教堂

赫尔辛基大教堂位于参议院广场正北方的小山顶上，教堂主体顶部建成了大穹顶，大穹顶四周各有一个小穹顶，穹顶为碧绿色，教堂墙体为白色，远远望去，白绿相衬，清新亮丽。我之前见过不少教堂，但那些教堂一般都是灰色或棕红色，像这种白绿相衬的教堂，十分罕见。可能正因为这种罕见，让它独树一帜，成为赫尔辛基的标志性建筑，也成了当地人最为珍爱的结婚圣地。

穿过参议院广场，沿着百级石阶拾级而上，即可近观教堂。该教堂于一八三〇年由德国建筑设计师卡尔·路德维格·恩格尔主持修建。一八四〇年，卡尔病逝后，他的学生主导了教堂剩余工程的建设工作。由于教堂是献给俄国沙皇尼古拉一世的，因此，在一九一七年芬兰独立前，它一直被称作"尼古拉教堂"。

教堂的东南西北四个方向各有六根立柱撑起四方门廊，门廊廊顶有三角楣饰，各个楣饰上立有圣徒雕像，端庄、肃穆。我随着人群从教堂西侧的主入口进入教堂，教堂墙面洁白无瑕，东、南、西、北四方入口在大穹顶正下方交会，交会处拱形顶部均有精致的雕花和雕画，底部设有小型壁间，里面放置着人物雕塑。北面入口前方放着金色边框装饰的巨大宗教画像，这应是教堂中最重要的装饰。正午时分，阳光透过穹顶从不同方向照射进来，整个大堂通体透亮。由于教堂内简洁素雅，从大穹顶上悬挂下来的金色大吊灯显得分外光彩夺目。静静地站在大堂中央，有那么一会儿，我觉得自己不是在教堂，而是在某个音乐厅参加音乐会，或是在某个会议厅等待一场交流的盛会，一切都是那么的简洁和明净。可能因为我不信教，不曾深入了解宗教文化，以前去教堂，总是心怀不安。这份不安部分缘于雨果先生《巴黎圣母院》的卡西莫多印象，部分缘于教堂灰暗的石墙、昏黄的油灯以及象征苦难和救恤的圣像。赫尔辛基大教堂，显然有其固有的教堂的功能性特征，但它的简洁和明净的形象，却又让人放松，且对未来充满希望。

作为俗人，我至今没能领悟人们对宗教的虔诚给人类社会发展带来的正当利益，但我又出奇地认同人们应当享有宗教信仰的自由，并理解人们借此为灵魂保留一个安心的方向。

从教堂出来，阳光暖暖地晒着，来自世界各地的旅客，有情侣，有家属，有朋友，大家三五成群地坐在石阶上，他们有的倾心交流，有的闭目养神，还有的嬉闹着拍照留念。我不由得放慢脚步，在石阶边坐下，将自己置身于"他人"的境地，在孤单中感受着熟络，又在熟络中享受着孤单，感觉很微妙。

临近晌午，参议院广场依然人来人往，清爽的海风从不远处的芬兰湾飘过来，将头发弄得有些凌乱，但当抬头看看蔚蓝的天空和成群飞过的小鸟，我很是开心，因为凌乱的只是头发而已。

集市广场

从参议院广场向南，沿着石板路的小街直行，约莫四五分钟，即可到达集市广场。

集市广场不大，北靠总统府，南临芬兰湾。广场中央的纪念碑，用于纪念俄皇尼古拉一世和他的妃子，故又名"皇后石碑"。由于赫尔辛基素有"波罗的海的女儿"之称，阿曼达——波罗的海的女儿的青铜雕塑就在广场的西角。有趣的是，尽管纪念碑和阿曼达赫赫有名，但在集市广场，最受欢迎的不是它们，而是这里的露天市场，即各路商家用帆布和支架架起来的各类帐篷似的小卖场。商家们在此出售廉价服装、手工艺品、新鲜水果和蔬菜，以及各类当地小吃，极受当地居民和游客的喜爱。在阳光明媚的夏天，不论是周末还是工作日，这里总是人来人往，人们操着各式口音在小卖场讨价还价，寻找心仪的商品或食品，然后坐在码头感受凉凉的海风，十分悠闲、惬意。

可能因为来自社会底层，我一直十分喜欢这种露天市场和它所表现出的市井文化，觉得它们永远是普通生活的最真实的写照，且这种写照不带任何国籍、种族、宗教或性别符号，任何人只要愿意走近，都可以轻轻松松成为其中的一分子，就像清迈的夜市和旧金山的渔人码头。

清迈是个干净、清悠的城市，由于地处热带，那里的家宅或商铺周围都种满花草或各种藤本植物。白天走在街道上，一眼望去，郁郁葱葱，人烟稀少，但每到周末晚上夜市开始后，那里便人头攒动，灯火辉煌。市内街道两旁架起几百家小商铺，商家们在那里出售珠宝首饰、丝质服装、手工小包等，各种花色，各种款式，价廉物美，应有尽有。众多来自世界各地的游客在这里欢聚，他们有着不同的肤色，说着不同的语言，但却有着同样美丽的笑容。白天安静的城市在那时也会变得沸腾，这种沸腾自然地彰显着夜市的生机和朝气，也彰显着清迈对来自不同文化的游客的欢迎与包容，让人流连忘返。

相较于清迈夜市的商业化，旧金山的渔人码头更具文艺范。渔人码头大致包括从旧金山北部水域哥拉德利广场到三十五号码头一带，周边不少饭店均是海鲜馆。每到日落时分，街头艺人便在渔人码头开始了卖艺生活。别看他们衣着褴褛，但他们对艺术的执着和表演的精湛丝毫不逊色于大牌艺人。夕阳渐渐褪去光彩，晚灯初上，码头游人越聚越多，捧一杯咖啡，随意地坐在广场上听他人歌声，给疲惫的灵魂寻点共鸣。当《Uptown Funk》响起时，人们情不自禁跟着哼唱，用高亢的歌声和挥舞的双手表达着他们的欢悦；而当

《In My City》唱响时，码头瞬间归于平静，不知他人是否如我，会情不自禁地陷入对家的思念和对"城市"的理解……

当然，来到赫尔辛基的集市广场，最不能错过的是在这里吃点鲱鱼或鲑鱼拌土豆，并借此了解下芬兰的饮食文化。众所周知，"民以食为天"是中国人素以尊奉的生存哲学。因为这种生存哲学，自然地引领中国人对于美食孜孜不倦的探索。当我们巧妙地通过炒、蒸、炖、煮、熬、腌等方法将大自然的馈赠搬上餐桌时，这些美食已不再只是美食，而是凝聚着中华情怀的中华文化。这种美食文化世代相传，并培育着我们独特的味蕾，也养成了我们对他国食物的排他性习惯。然而，芬兰的鲱鱼或鲑鱼拌土豆，可能由于其使用与中国烹饪相似的腌、炒、煎三种方法制作，以盐为主要调味，吃起来清脆、香酥、爽口，十分适合中国人的口味，对他国食物的排他性问题在此荡然无存。

如果你有兴趣来到这里，还可以尝尝芬兰的鱼馅饼，同样是以鱼为料，但做法和味道却大相径庭。实际上，芬兰人整个饮食偏自然，他们充分利用森林、土地和海洋的馈赠，跟着季节探寻着美食。夏季，由于气温比较高且日照时间较长，人们喜欢带着渔具出外垂钓、采摘蘑菇或其他新鲜果蔬，然后将自己劳动所获的食材带回家或就地搭个烤炉，即时烹饪，就这样与大自然为伴，与大自然为友。由于这种与大自然的亲近，拉近了人与自然的距离，同时为人们的餐桌提供了更加丰富的食材，近年来，越来越多年轻厨师和食品行业的专家走入大自然寻找天然美食，并不断丰富着他们的食谱。

　　走过集市的各家小铺，我捧着好不容易排队购买的鲱鱼拌土豆，坐在阳光下的石凳上，迎着海风，慢慢享用。好一顿香甜自在的午餐，在芬兰湾畔……

芬兰堡

　　早上离开旅馆时，有工作人员向我推荐芬兰景点时强调，来到赫尔辛基，一定要去芬兰堡看看，因为这里有专属于他们芬兰人自己的故事。于是，在集市广场吃过午餐后，我便决定前往芬兰堡看看。

　　芬兰堡实际上是由位于芬兰湾上的六个小岛组成的古代军事要塞，于一七八四年由统治芬兰的瑞典王国修建，其目的是防御沙皇俄国的扩张。一八〇九年芬兰战争后，芬兰堡由沙皇俄国统治。直到一九一七年末，芬兰正式独立，芬兰堡的管理权才正式回归芬兰政府。芬兰堡的六个小岛中，位于东面的 Iso Mustasaari（大黑岛）、南面的 Susisaari（狼岛）和 Kustaanmiekka（古斯塔夫之剑岛）面积较大，也是芬兰堡的主要旅游景点所在地。由于芬兰堡距离陆地有较长一段距离，从集市广场过去需要乘渡轮或水上巴士，渡轮终点在离岸较近的 Iso Mustasaari 岛的主码头，乘水上巴士可以到达较远的 Iso Mustasaari 岛和 Susisaari 岛之间的中心码头以及 Kustaanmiekka

岛的国王大门码头。

七八月是芬兰旅游业的黄金季节，游客众多，这些渡轮和水上巴士就停靠在集市广场，每三十分钟一趟，来回票价五欧。如果购买了非一次性城市交通卡，还可享有免费登船的优惠。我很幸运，买的交通卡是三天联票，于是，免费登上了去芬兰堡的渡轮。

渡轮不算大，但很高，大概可容纳三百人左右。原有恐高症的我，毅然选择站立船头，任凭海风把头发吹得凌乱，只为完好地领略一下芬兰湾的海景。随着渡轮缓缓启动，一步一步驶离集市广场，船桨激起的一大片一大片白色的浪花，映照在蓝色的海面上，很漂亮，也很浪漫。记得三十多年前，在小学语文课本中学到："泉水泉水你到哪里去？我要流进小溪里。溪水溪水你到哪里去？我要流进江河里。江水河水你们要到哪里去？我们都要流进海洋里。"由于深居偏僻的大山，再加上天真年幼，那时的我，从未想过要去了解这些文字代表的事物的特征或差异性，只是自然地觉得这种表达是如此的轻松和顺畅，并坚信这些轻松顺畅的文字背后定是美丽的风景……长大后，离开了小山村，去过不少海边城市，对于这段文字表达的地理事物有了清晰的认识，但不知是否受童年生活特殊环境的影响，对于大海，无论多么走近，至今仍感陌生，却又那么的向往。童年情缘，一世情缘，千真万确……

十五分钟左右，渡轮抵达芬兰堡的主码头。走下甲板就可以见到一座与北京故宫城墙类似的粉红色的城墙，城墙中间的门洞便是芬兰堡的入口。入口处城墙顶部设有高高竖立的钟楼，城墙内部是著名的啤酒厂餐厅。餐厅的屋顶为半弧形，两边挂满柱形灯，窗户上部同样为弧形，墙壁的上半部为乳白色，下半部为土黄色，格子台布整齐洁净。午后的阳光透过窗台斜斜地射进来，整个餐厅似乎闪着淡淡的金色，一切都很简单，但又很别致。

从啤酒厂餐厅出来，芬兰堡之行才算是真正开始，这里绿树成荫，海风习习。步行几分钟，穿过一片大草坡，就到了芬兰堡教堂。该教堂始建于一八五四年，当时作为沙皇俄国信仰东正教的驻军的教堂。在上世纪二十年代，芬兰独立后，该教堂改建为基督教信义会教堂。一百多年过去，教堂的尖塔仍然被用作引导空中和海上交通的灯塔。可能由于芬兰堡的历史使命是防御外敌，芬兰堡教堂没有赫尔辛基大教堂的典雅和宏大，也没有乌斯别斯基教堂的庄严和沉重。乳白色的墙面，高耸的塔尖，纤细的墙身，都显得特别的轻巧。很多游客在此逗留，他们或者在草坪上席地而坐，谈笑风生，或者斜靠着枝繁叶茂的大树闭目养神，一切就是这么随意，这种与大自然的亲近，很容易让人们忘记自己置身的竟是芬兰曾经的军事要塞。

除芬兰堡教堂外，岛上还建有包括马内基军事博物馆、芬兰城堡博物馆等在内的六个博物馆。这些博物馆规模不大，但其展出和介绍的内容如同其名，各有侧重。比如，马内基军事博物馆主要展出有关芬兰堡的历史，芬兰国内的武器发展史以及军事史。芬兰城堡博物馆主要展示整个城堡的建设史料以及芬兰城堡中心的生活。维斯科潜艇是一个以潜艇为展出空间的迷你博物馆，这艘潜艇在二十世纪二十年代建造，曾参加过第二次世界大战。现在，潜艇内部得以重建并在此展出，游客可以在此体验潜艇员的真实工作环境，还可以借此了解或研究潜艇技术的发展历史。而芬兰堡玩具博物馆则是一个私人博物馆，建于一九八五年，建造者在二十世纪六十年代为女儿买了一件玩具，多年以后，他意识到玩具的重要价值，开始收集玩具，目前馆内的老旧玩具逾千件，包括木偶玩具、泰迪熊等。该玩具博物馆与美国国家玩具博物馆、日本万代玩具博物馆等并称为全球十大玩具博物馆。由于时间有限，我在各个展馆参观时间相对较短，但对于芬兰人用心筹建和管理这些精致、小巧的博物馆感触颇深，"勿以善小而不为"，国民的教育都是从小事上开始的。

从博物馆出来，来到离岸最远的 Kustaanmiekka 岛。在芬兰堡几个小岛中，我觉得 Kustaanmiekka 岛美得最天然。岛上高低起伏的沙坝，像天然的城堡。低岸处成片成片的油菜花，毗连着大海，蓝黄一片，十分美丽。很多芬兰人空闲或周末时在此垂钓、野餐，悠然自得。位于该岛南边的国王大门始建于一七五三年，是整个城堡的奠基者——瑞典国王阿道夫·弗雷德克视察城堡建设时抛锚的地点，也是芬兰城堡的象征。累了，坐在国王大门口的绿草地上，面朝大海，深深呼吸，空气很新鲜，也很清爽。

芬兰堡虽然是历史上著名的军事要塞，但它一直有着常住居民，因此，这里各色餐馆、咖啡馆、杂货店、画廊等生活性场所一应俱全。由于它们的设计没有采用城堡式的砖石结构，而是清一色的小木屋，颜色鲜艳，这无形中给这个承载着国防重任的军事要塞增添了不少情趣。

　　下午六点，我登上渡轮离岛。有点遗憾，没有足够的时间前往庭院、干船坞等处看看，希望以后有机会，换个季节来看看它们的另一番模样。

桑拿文化

初次听到"桑拿"一词，是在初中的英文课本里。老师向我们讲述这是个音译词汇，但却从未向我们解释过它的出处，当然，我们也不曾追究。长大后，再次接触到"桑拿"一词是在二十世纪九十年代末，那时我被分配到家乡乡镇上的小学工作。下班后，闲着无事，常和同事一起在小镇上散步，买点小商品。小镇上有两三家理发店，在它们的玻璃门的广告语中常看到"桑拿"字样。但那些理发店的"桑拿"实际提供的是最简单和粗放式的肩、背按摩服务。

近些年，有时工作量有些大，慢慢地，身体的健康指数有了异样。二〇一七年回国，在妹妹的推荐下，我开始接触韩式桑拿，即汗蒸。可能因为汗蒸与我所知悉的中国前些年的"桑拿"有着本质的区别，同时，上海多数汗蒸由韩国人或在韩国生活过的人经营，配套设施相对完善，去过几次后，感觉良好，于是，自然地将汗蒸当作"桑拿"的始祖。然而，直到这次来到赫尔辛基，我才明白，原来芬兰才是真正的"桑拿"的故乡，初中英文课本里的"桑拿"

的音译就来源于芬兰。

芬兰的桑拿文化有两千多年的历史，"Sauna"一词的原意是"无窗户的木屋"。那时的桑拿房，主要依靠木屋内燃烧的木材散发的热能使室内温度保持在七十至八十多度，室内放置的水缸在高温下慢慢散发水蒸气，从而使屋内保持一定的湿度，让人坐在里面不觉干热。但是，由于传统木屋没有窗户，木材燃烧的过程中产生的大量烟雾，难免让人们呼吸困难，眼睛难受。工业革命后，钢铁开始普遍用于工业建筑中，桑拿房也慢慢有了变化。人们用钢铁为桑拿房建了窗户，木材燃烧产生的烟雾已不再萦绕于室内，桑拿房的环境得以大大改善。事实上，随着科技的发展，芬兰桑拿房和桑拿方式也慢慢变得多样化。现在，建设在特殊或极端环境中的移动桑拿、冰桑拿、热立方桑拿等，打破了传统桑拿主要设在林区或居民区的限制，很受旅客甚至是驻地军人的喜欢。

桑拿不是芬兰独有，但芬兰人对桑拿的酷爱始终领跑世界。芬兰人口五百五十多万，它的桑拿房却有二百万到三百万间。换句话说，在芬兰，每两个人拥有一间桑拿房。芬兰大部分桑拿房是私人桑拿房，小部分是建立在市区或大自然中的公共桑拿房。在公共桑拿房中，建立在大自然的公共桑拿房比较特别，它们一般近海或近河，也临近桦树林。人们从大海或小河打一桶清水放置于桑拿房内，然后从森林中收集木材用于加热，再到白桦树林中折一些鲜嫩的树枝束成条。一切准备就绪后，人们便坐在桑拿房中休息、聊天，用桦树枝相互敲打身体，以此驱除疲劳和疾病。

间歇时，走出桑拿房，纵身跳进水里。如此反复，通过在极冷和极热的环境不断刺激体内血液循环，从而促进身体健康，并享受大自然的爱。

如果你有时间且有心情，可以带上泳衣，邀三五好友，走进大自然的公共桑拿房，好好体验一下原生态的芬兰桑拿；也可以带上泳衣，到 Löyly 桑拿中心体验下现代城市公共桑拿的魅力。

Löyly 桑拿中心位于赫尔辛基 Munkkisaari 区域，同时提供桑拿和餐饮服务。它的整个建筑外层是用超过四千支经过热处理松树条组成的多个三角形或多角形，由于松树条的条状特征，且颜色鲜黄，各个侧面形成大小不同的百叶窗的视觉效果，有效地降低了它与周边海景的错乱感。

Löyly 桑拿中心的公共桑拿房提供两种桑拿：烟熏桑拿和柴木桑拿。两间桑拿房可同时容纳四十人左右，工作日，十九欧每人次，时间为两小时，一般需要提前预约。Löyly 配有浴巾、更衣房以及露天的海浴场。桑拿期间，可以在户外的露台上或建筑顶上的休闲区域看蓝天碧海，远处扬帆，也可喝喝咖啡、聊聊天，静享日出与日落的滨海风情。

由于没带泳衣，未能在这里体验桑拿，但也感恩，在阳光灿烂的午后，静静在此喝个下午茶，虽然肉桂卷配咖啡不是我的最爱，但也别有风味。之前听说芬兰人相对木讷，不爱交流；后又听说他们在桑拿过程中畅所欲言，谈天说地、百无禁忌。真不知是桑拿房的高温激发着人们说话的欲望，还是当人们赤裸相对时有效地消除了彼此之间的心理防线，但无论如何，芬兰人对桑拿的喜爱，成就了芬兰的桑拿文化，而芬兰的桑拿文化，又成就了芬兰人的友好和自信。挥别 Löyly 桑拿中心，悄悄带走一份不一样的体验和不一样的愉悦……

设计之都

　　说到设计之都，可能很多人与我一样，头脑里最先闪过的名字莫过于巴黎、米兰、伦敦和纽约，甚至是中国的香港和上海，而不是赫尔辛基。但在这个城市待了两天，慢慢走近它，我便深深地理解了它的"设计之都"也是名副其实，只不过，它来得比较晚，发展比较快而已。

　　说它的名气来得晚，发展比较快，是因为直到本世纪初期，赫尔辛基才开始了以设计为特色的城市建设。但是，二〇一二年国际工业设计协会理事会就将"世界设计之都"称号授予了它。两年后，联合国教科文组织又将"设计之都"的名号授予了包括赫尔辛基在内的五个城市。现在，赫尔辛基已形成以中央火车站为轴心，以红山区、护城区、格鲁努哈卡区、康比区等为辐射区的基础设计区。该区内的二十条街道，有来自世界各地的设计师们在此开设二百多家设计店面，经营时装、珠宝、家居用品、古玩、艺术画廊、餐厅、咖啡馆等。它们吸引着国内外的游客蜂拥而至，人们在这里追寻着时尚的痕迹，也追寻着生活的美。

　　为好好感受一下这个漂亮的城中城，从 Löyly 桑拿中心出来，我决定先到赫尔辛基设计博物馆看看，了解一下这个北欧之国的设计之风。

　　设计博物馆始建于一八七三年，是世界上最早的有关视觉设计的博物馆之一。但二战期间，馆内很多藏品都被洗劫。现在的博物馆是芬兰政府于一九七八年重建的，芬兰政府另于一九八九年设立艺术与设计博物馆基金会以支持博物馆开展各项活动。踱步在馆内的各个展厅，很是感动，因为这里展出的作品无论是玻璃工艺品、电子产品、服装服饰，还是家居制品，它们的设计都有着鲜明的特色，即线条简约、颜色鲜明、贴近自然。我是个十分恋家的人，对于家居制品尤其喜爱，这些形状各异、线条简约、颜色鲜明的椅子、盘子、杯子，无时无刻不在向我们展示着家居生活的美好。有那么一瞬间，我十分期待有一个家，一个属于自己的小而温暖的家。

　　从博物馆出来已近黄昏，街上的路灯陆陆续续地亮了，城市的夜幕即将开启，热闹的夜生活即将华丽登场。一个人，漫不经心地走在设计区的街道上，与那些别具匠心的品牌不期而遇，很美好，也很浪漫。不过，诸多品牌中，我最喜欢的还是位于斯多克曼百货公司旁边的 Artek 设计店和参议院广场边的 TRE 世界。

　　Artek 是芬兰知名的家居设计品牌，于一九三五年由阿尔瓦和阿依诺·阿尔托夫妇、玛依瑞·古利森以及尼尔斯·古斯塔夫·哈尔共同创建。其中，创始设计人阿尔瓦也是芬兰现代建筑和设计史上最有创意设计者之一。走进 Artek 店，首先吸引人的是它的店面设计。整个店面积很大，从临街分区落地窗、纯白色墙体到线状型分类摆放的商品，再到天花板上黑、白色精致的小探灯，一切都给人简单至极的印象。Artek 的商品，同样走的是简约风。它的餐凳、铁制座椅、吧台椅、餐桌、沙发、靠枕、餐盘、纸巾盒等，几乎清一色地选用黑、白、淡黄色或其任二组合色进行着色，线条化的设计，看着清清亮亮、简简单单，与其店面设计相得益彰。

如果说几十年的发展和沉淀，造就了 Artek 的精简，那么生活时尚概念店 TRE 则用鲜明的色彩、怀旧的理念成了设计区的新宠。TRE 世界很大，商品类别繁多，这里有灯具装修区、服装区、帽饰区、杯具区、沙发靠枕区，也有类似雨伞、包饰等日用品区。这些设计商品没有 Artek 精致，但又极具生活气息，特别是那亲民的价格，让旅客们多了份在此逗留的理由。

设计区内还有不少开放式的工作室，在此，你可以与艺术家面对面交流。为方便游客选购或观赏他们的作品，有些工作室小面积经营咖啡，如果不赶时间，进去看看，坐下来点杯咖啡，看看他们的期刊、杂志，读读他们的品牌故事，会有不一样的感受。

就这样，芬兰人，用一份简单和执着，把自然融入设计，把设计融入生活。可能正是这种对自然的崇尚和对生活的尊重，让我们觉得这些作品、商品与我们如此的亲近，让我们有心驻足并心怀眷恋。因为我只是路过，无意在这里买点什么，但是，却有意在这里发现点什么，可能这就是旅行的价值和意义。

赫尔辛基大学

　　虽然芬兰只有五百多万人口，但整个国家的教育理念却相当成熟和超前。还记得二〇一六年年底，在一则新闻中读到芬兰教育局于二〇一六年十一月十四日下发的通知，规定在二〇二〇年前正式废除小学和中学阶段的课程式教育，转而采用实际场景主题教学（又称"现象教学法"），即孩子们不再需要上传统的分科课程，如数学、地理、英语、物理、历史等，他们的课程换成诸如"如何在咖啡厅进行日常工作"等贴近生活的主题教学。孩子们在学习过程中，以兴趣为基础进行分组讨论、研究和动手工作，老师在整个过程中对孩子们的活动进行引导和协助，并组织孩子们通过自评和互评组成的评价体系，取长补短。这样的教学改革，打破了传统教学对于固有知识自上而下、自因而果地灌输性教学理念，让孩子们在看到现象中探寻原因，在探寻原因中学会思考。

　　我是个从事多年中、小学教育工作的人，在我的教学生涯中，常常面临对于学科知识如何安排、教学活动如何开展方能与孩子们的认知能力相呼应的问题。二〇一六年秋天，小侄女上初一，课程突然多了起来，她有点不太适应。我虽然身在美国，但深感需要找到一个合适的方法，先让她从宏观上理解这些学科是什么、如何学习。我记得她的历史课本讲述的是社会的起源，中国的奴隶社会和封建社会制度的形成、特点以及社会更替的进步意义。而在课堂教学中，不管奴隶社会还是封建社会的内容，均涉及国家制度的建立、社会的改革等。这些成熟且略显沉重的话题，在我上初中时同样学习过。那时的学习环境比现在轻松，而我也天然地喜欢学习，因此，老师讲过的内容总能记得清清楚楚。但是，究竟何为国家制度、何为社会改革，为什么会有国家制度的建立以及社会为什么需要改革，直到我从事律师工作且游历多国并接触不同的世界文化后才深刻体会和领悟。可想而知，初中阶段的孩子们需要学习和掌握这些基础知识，终究是有难度的。芬兰的现象教育法，可能很难在中国这样人口众多的国家开展，但它带给我们深刻的启示。教学需要尊重人的成长的自然规律，需要尊重人对知识的理解和掌握的自然规律，只有这样，孩子们的学习才是轻松的、愉快的和深刻的。

正是缘于对教育职业的喜爱和对芬兰超前的教育理念的钦佩，在离开赫尔辛基前，我决定从旅馆步行到赫尔辛基大学校园内转转。

很有趣的是，当我走在 Snellmainkatu 大街上，竟然与一位前往赫尔辛基大学的中国女士不期而遇。仿佛"他乡遇故知"，我们就这样自然地并肩走在了清清静静的大街上。她告诉我，她来自苏州，前往瑞典出差，经赫尔辛基转机，在此逗留两天。她每次到欧洲，都会去当地有名的学校看看，因为她期待有朝一日她的儿子可以找到适合的国家留学。这是当下一些中国家长的愿望，人择优而育，理所当然。然而，当她告诉我她儿子刚满十岁时，我又有了些不安，为那些不辞辛劳的家长，也为那些天真的孩子。

我至今深刻地记得在华盛顿留学时，租住在 Clevand 的公寓里。有一天放学回家，看到长长的过道里一个中国女孩在用普通话打电话哭诉。我走近问她要不要帮助，我也是中国人。她收住了哭声，说她从加州转学到华盛顿念大二，学的是生物，课程很难，压力很大，她很想回家。她的两个室友，一个是美国人，一个是韩国人，她不方便在室内与家人沟通，于是在外面通话并忍不住哭泣。我万分理解她的辛苦和压力。中国学校的教学模式与美国有着很大的区别，美国学校大学阶段更注重学生的自我学习能力的锻炼和自我发现能力的培养，这需要学生具有良好的语言基础、充分的课堂参与意识和能力，还需要课前的预习和课后的复习。如果不具备这些基本知识和技能，便很容易因为文化差异而产生严重的心理冲突，并给后面的留学生涯带来很大的困难。

一路上，静静地听着她对她儿子的未来学习生活的规划，我只能随声应和着，并期待她的孩子健康成长。每个人都有自己的人生梦想，也都有如何编织梦想的权利，但无论如何，成就梦想，既是艺术，也是科学，是对人和社会深度认识并理性抉择的科学，但愿她对孩子未来的规划是艺术，也是科学。

步行半小时后，我们来到了赫尔辛基大学。赫尔辛基大学是芬兰历史最悠久的学府，它始建于一六四〇年，由于当时芬兰隶属于瑞典王国，其学院设置完全采用欧洲教育系统，教学语言为拉丁语。学生入学后，需要先修哲学，然后再根据个人兴趣进行神学、法学或医学的选修。一八〇八年后，由于芬兰与俄国的新的"隶属关系"，沙皇亚历山大一世将校址搬到赫尔辛基并对校区进行扩建后，该校被作为俄国人才的培养基地。一九一七年芬兰正式独立后，该校自此正式为芬兰培养人才。但由于其与瑞典几百年的"隶属关系"，该校至今仍用瑞典语和芬兰语进行双语教学，部分课程使用英语。赫尔辛基大学发展至今，已有十一个院系和二十个相对独立的研究所，五百多名教授和四万多名学生，并先后培养了五位诺贝尔奖得主。

　　赫尔辛基大学主校区占地面积不大，主要设置人文和社会科学方面的院系。校园内整个教学楼都采用石头结构，纵横交错的街道全是精致的石板路，在楼群间走过，突然觉得自己身轻如燕。由于校园位于市中心，其北接赫尔辛基植物园、城市公园；西邻国家剧院、阿黛浓美术馆、中央火车站，在这里学习、生活十分便利。

　　八月，正值暑假期间，几乎所有的教学楼都是关闭状态，我们只能在不同的教学楼前瞻望，最后在法学楼前小息话别。一所学校，一座城市，一段记忆，就这样形成并渐渐封存……

第二部分 02

斯德哥尔摩

从赫尔辛基到斯德哥尔摩

八月二十六日上午十一点，我从旅馆前往机场，准备飞往斯德哥尔摩。一小时的飞行时间，购票却是史无前例的纠结。在上海出行时，我基本订好了全部行程的交通票，除了这一站。因为我查票时发现欧洲廉价航空公司的机票一般不带托运行李，如有旅行箱托运，每件需要支付八十欧的托运费。我的行程的最终目的地是美国，因此随时携带两个行李箱，里面装满了衣物和书籍。对于一百六十欧的行李费用的支付很是纠结，总期待可以找到更加经济的替代性交通方式。于是，直到临行的前一晚，我终究未能找到更合适的出行方式，方在 GoEuro 上订好挪威航空的廉价机票。关于行李票，因为没有找到支付链接，决定到机场再行购买。

中午十二点半，我准时到达万塔机场办理登机。万塔机场的登机手续一般是自助办理。但我需要临时购买行李票，无法办理自助登机。机场工作人员领我到购票处，看到我两个行李箱，一共一百六十欧，便说不便宜，问我是否确定购买。我说是的，因为行程已定。但我又似乎听到了她的弦外之音，补充问道，关于托运费，是不是还有其他方式可以处理？她告诉我，旅客可以提前二十四小时在网上购买行李票，这样可以便宜一半。我有些诧异，因为我在购票时，并没有发现行李票购买的窗口或链接，更没有看到价格优惠的信息。她向我解释，行李票可以在航空公司的官网上购买。这时我这才明白，原来我对欧洲廉价航空并不了解。我平时出行习惯在平台网站上购票，所以直接使用 GoEuro、Booking、OUI 做的检索，完全忘了这些平台可能存在信息不全、价格不实等问题。实际上，欧洲有很多廉价航班，不过几乎所有的廉价航班都不含行李托运费，有的甚至登机箱也要另付费用。因此，如果来欧洲，建议在航空公司的官网上购票，那里的信息会更全面，也更详细。我感谢她的提醒，购好行李票，办好托运，愉快地登上了前往斯德哥尔摩的航班。

两个城市间，一个小时的飞行，我几乎都在瞌睡中度过。下午两点半左右，飞机顺利抵达斯德哥尔摩阿兰达机场。从阿兰达机场到斯德哥尔摩的市中心，如果时间紧张，可以选择快线列车，每十五分钟一趟，约二十分钟左右可以到达位于市中心的中央火车站。不过，快线列车票价相对贵些，成人单程票需要支付二百八十瑞典克朗。除快线列车外，这里还有普通火车、机场巴士、出租车直达市中心。如果时间充沛，也可以选择坐 583 号公交车，然后换乘小火车直达中央火车站，全程约四十分钟，票价四十四克朗。

为方便旅客出行，交通卡的售票站设在机场出口处。与赫尔辛基一样，在这里，旅客可以依据所待时间长短，购买全天票、周票、月票等。我买了三天通勤票，然后选择廉价的 583 号公交车和小火车线路前往市中心。

我提着行李，来到公交站台，抬头看看车站标识，全是瑞典语。有点担心因认识错误而坐反方向或出现其他问题，我希望能找个说英语的人问问。可能看到我的左顾右盼，站在离我不远的一位男士，拎着工作包，主动走向我并招呼，他流利的英语让我瞬间感觉遇到了"知音"。我向他咨询 583 号公交线路情况，他告诉我前往市区的方向，以及要在哪个站点换乘，最后还不忘说明他的路线与我一样，如果有问题可以随时问他。我很感谢他，公交车进站，便和他并排坐在了巴士上。原来他叫 Mark，来自美国，因为工作原因，六年前，他与夫人一起搬家到了斯德哥尔摩，所以，他对这里的一切都很熟悉。一路上，他向我讲述着他在斯德哥尔摩的生活和这里的风土人情，我很开心和他相识。公交车抵达换乘站，他帮我拎着一个行李箱，前往火车站台转乘小火车。

经这里转乘的客人并不算多，火车站台算得上小巧玲珑。小火车慢慢驶入时，看着它狭长的身影，在国内见惯了大型火车的我，觉得它不像火车，更像是机场快线。Mark 帮我把行李提上火车，然后向我道别，此时我才知道，他说的与我路线一样，只不过是公交线路一样而已。很是遗憾，还没来得及说感谢就是再见。我一手扶着行李箱，另一只手用力地向他挥舞，以示感谢。小火车慢慢启动，他微笑着离开，而我，却深深地记住了他的模样。

二十多分钟后，小火车驶入斯德哥尔摩中心火车站。从火车站出来，步行十几分钟即可到达城市旅馆。此时，天空已下起滂沱大雨，推着两个行李箱，还背着背包的我，已没有太多力气与雨水抗争，只顾埋头前行，来到旅馆，还没来得及好好欣赏这里与众不同的装饰，完成入住登记，我便一头栽在了床上……

城市旅馆

因为有些疲惫，在旅馆的小息变成了两个小时的长睡。待我醒来，突然听到门开了，随即进来一个身材敦厚、笑容可掬的男士，他十分友好地和我打招呼，我有些吃惊，怀疑自己在做梦，揉揉眼睛，发现没错，是个男士，而且他正和我说话。我一边礼貌性地回着"Hi"，一边在大脑里寻找记忆的盲区。我深深记得此次出行，订的都是女生四人间，为何现在……等他放好行李出门，我马上穿好外套前往前台核对情况。前台告诉我，我的订单是男女混合房间，如果要换女性房间，根据现在预订情况，需要等两晚后方可。我有些傻眼，反复回忆订旅馆时的情景，唯一的解释是当时十分困乏，订旅馆时出现了这个小小纰漏。既来之，则安之，我这样告诉自己，并期待这次住宿带给我不一样的体验。

吃过晚餐，我早早回到旅馆休息，查看隔天的行程。他也较早回到旅馆洗漱。待到各自安静时，他做起了完整的自我介绍，他叫Abrad，来自约旦，是名水工程师，每年这个时候，他都会到斯德哥尔摩参加 World Water Week 活动，由于会议中心就在旅馆的隔壁，所以，他一般会住在这里。World Water Week 活动周，每年会邀请来自世界各地的水工程专家前往参会，共同讨论世界各国的水资源问题、探索如何通过科技改善贫困国家和地区的饮水问题。在活动周内，还有与之相关的科技展览。活动周的最后一晚，是颁奖典礼。今年，他将在第一天下午的主题会作为嘉宾发言，所以，他对这次活动满怀期待。听完他的介绍，我瞬间对他刮目相看。一方面，他所从事的专业让我肃然起敬；另一方面，他的介绍，给了我一个全新的了解和认知世界的窗口。

记得留学期间，我辅修的课程中，有门"世界银行、世界货币基金组织和其他金融机构的发展（情况）"的课程，授课老师是来自世界银行的一位教授。我很喜欢这门课，教授上课的案例全是来自世界银行的投资案例。由于世界银行一直负有为全球消除贫困做出努力的使命，我们探讨的投资案例均发生在世界上最不发达国家或发展中国家，讨论的重点在于如何通过投资改变当地贫困现状以及过去投资行为给当地带来的正、负面影响。我很清晰地记得有堂课，我们讨论的案例来自海地。这个位于加勒比海北部的岛国，由于自然灾害频发等原因，人们生活极端贫困。很多人衣不遮体、食不饱腹，日常饮水也是困难重重。说真的，那是我第一次通过一个真实的案例了解到处于极度贫困中的人们的生活模样。由于历史原因，海地至今未与中国建交，但我依然有这样一个念头，期待有朝一日，能去这个地方看看，虽然自己无力为其改变些什么，但仍希望借助一份感知和由此形成的新的认识，给自己、给可能影响到的人带来些成长。

正当我们愉快地交流着，宿舍的第三位室友到了，她是来自加拿大多伦多的一位中年女士，很开朗，也很健谈。听到我们聊着水资源方面的话题，她行李还没放好，就很随意地介入了话题。她告诉我们，加拿大有着优质的水资源，人们从来不会担心饮水问题，早上起来，拿着水杯在水龙头上接杯水就直接喝下，她们的家里不用安净水器，不用放净水药物，一切都很天然。对此，我深有体会，因为在华盛顿居住的日子里，我和室友就是从水龙头上直接接水喝。实际上，不但加拿大、美国，像芬兰、瑞典、挪威、冰岛、澳大利亚以及新西兰等发达国家，都有着健康的饮水环境。而不少发展中国家或不发达国家，健康饮水至今仍是个未能解决或待完善的重大社会问题。

水乃生命之源，期待有一天，同住地球村的人们，不再需要为水而苦恼，也不再需要为水而绝望。一个错误的预订，成就了我与Abrad 先生的美丽的相识——在这个相对窄小的宿舍。我倍感幸运，在斯德哥尔摩的首夜。

市政厅

斯德哥尔摩的第一个早晨，我醒得有点晚，室友们已经早早地外出了。披衣起身，推开窗户，扑面而来的是清新的空气和轻轻的微风。感觉有些饿，匆忙冲个热水澡，然后到餐厅吃早餐。城市旅馆的餐厅很大，厨具齐全，坐在这里吃早餐，人们可以一边上网，一边聊天，很随意也很轻松。一直习惯了简单，早餐也不例外，牛奶加面包。坐在餐桌前翻看城市地图，发现这个城市实际上是建在十四个岛屿和一个半岛上，这些岛屿和半岛通过很多桥梁连为一体，正因为这样，它一直享有"北方威尼斯"的美称。

旅馆位于国王岛上，早餐过后，我决定先去这个岛上的斯德哥尔摩市政厅看看。旅馆离市政厅很近，背上背包，带好相机，沿着Hantverkargatan大街步行二十分钟即到。

市政厅是由瑞典著名建筑师拉格纳尔·奥斯特伯格设计，一九一一年动工，一九二三年完成。与西欧、美国等其他国家的市政厅一般采用灰色或乳白色的石头砌成不同的是，斯德哥尔摩市政厅使用八百万块红砖砌成，其墙面为褐红色，很深，很沉，很厚重。市政厅底部东面、南面建有长廊，长廊外有十几米宽的绿化带、雕塑和喷泉，游客们喜欢在这里逗留，欣赏梅拉伦湖和骑士岛的全景。

我随着人群，从西边入口进入庭院。庭院很大，地面有些潮湿，西南墙角长满了爬山虎，生机勃勃。穿过庭院，来到纪念品商店购买参观门票。由于市政议员在此办公，为保持良好的参观秩序，游客只能跟导游按指定路线参观。

市政厅对公众开放的区域，最有名的是蓝厅和金厅。蓝厅位于市政厅一层，每年十二月十日晚在此举办的诺贝尔晚宴吸引着全球的目光。听导游介绍，蓝厅实际与"蓝"没有半点关系，其名称来源于设计师并未曾采用的最初设计方案。当时，设计师拟用蓝色马赛克来装饰整个大厅，以此与楼上的金厅形成"蓝金"对照，分别代表瑞典国旗和国徽的主色。但当他来到这里，看着阳光透过顶部四周的窗户射进大厅并与红色墙体交相映照时，又觉得没有比这更天然、更古朴的装饰了，于是放弃了用蓝色马赛克来装饰大厅的方案。可能源于对设计师最初设计理念的尊重，蓝厅的命名一直沿用至今。

如同庭院，蓝厅面积很大，可以同时容纳一千三百余人就餐。厅内三面建有十分漂亮的长廊，靠大厅内侧廊柱顶部设计为半圆拱形，廊柱之间形成的通道与我国黄土高原地区的窑洞十分相似，但多了份庄严与肃穆。厅内另一面是举世闻名的爱莎台阶。爱莎台阶以设计师夫人的名字命名。据说设计师考虑到参加宴会的女士们通常身穿长裙和高跟鞋，为避免他们目光平视地从台阶缓缓走下时发生磕绊，设计师让其夫人穿着不同款式长裙在此试走，从而设计出高度为十三厘米、宽度为四十厘米的世界上最安全的二十七级台阶。正是设计师的特别用心，据说蓝厅从启用至今举办过无数的大型宴会，但却从未发生过女士因为裙子被踩而滑倒的事故。同时，爱莎台阶正对面墙上刻着一颗星星，女士们走下台阶时看着星星，目光平视，姿态优雅，无形中为宴会营造了一种温馨柔和的美。

爱莎台阶旁放着管风琴，它有一万零二百七十支音管，最为巧妙的是，管风琴的一万零二百七十支音管被制作成建筑装饰品，装饰在从爱莎台阶通往金厅的走廊顶上。每到诺贝尔奖晚宴时，都会有人在此演奏管风琴，悠扬的琴声响彻大厅。

站在蓝厅中央，抬头环看四周，高高的墙壁上凸现的浮雕、悬挂的壁灯在红色墙体映衬下折射出来的橙色的光，都很浪漫，也很温暖。或许因为设计者独具匠心，大厅的每一个故事都不着痕迹，却让人印象异常深刻。

市政厅的蓝厅与蓝色无缘，金厅却与金色有关。金厅长约二十五米，由一千八百万块约一厘米见方的金箔和各种彩色玻璃镶嵌而成，金光闪闪，光彩夺目。金厅的正面墙上是著名的梅拉伦湖女神壁画。壁画中的她正襟危坐，右手拿着权杖，左手托着皇冠，怀揣市政厅，脚踏梅拉伦湖，双目圆睁，卷发飞扬，气势非凡。她的左右两边各有一队人马向她走来，据说一边来自西方，一边来自东方，其寓意是，斯德哥尔摩以其优越的地理位置和卓越的建设慢慢成为世界的中心和世界人民向往的地方。我不知道斯德哥尔摩是否曾是世界的中心，但是我知道，因为权利和权力，人类对于世界中心的追逐从未消停，而这种追逐往往伴随着血雨腥风，满目疮痍，所谓岁月静好，很多时候，不过是人们借助相对论对生活的焦虑做的掩饰罢了……

与梅拉伦湖女神画的完美形象不同的是，它正对面的无头王子壁画，似乎很好地诠释了什么是残缺美。该壁画下部画的是瑞典各阶层人民幸福生活的场景，上部是策马奔腾的瑞典王子。设计师本想借此体现王子统治下的瑞典风调雨顺、国泰民安。但遗憾的是，王子的壁画只有身躯，没有头部。据说设计师创作该壁画时自下而上进行创作，由于计算出了差错，王子画像部分没有足够空间容纳其头部。因为壁画更改十分困难，于是，设计者将错就错，将壁画解释为瑞典历史上的断头王子，就这样，无头王子壁画保留至今，当初的遗憾也成了无憾。

金厅左右两边壁画同样十分讲究，一边是瑞典历史上各个不同时期的历史画卷，一边是重要人物的肖像。由于对瑞典的历史不甚了解，我对于这些壁画和肖像背后的故事知之甚少。但无论如何，在瑞典人的心中，金厅始终是权力和荣耀的象征。

如果说金厅向世人展示的是高贵、华丽和遥不可及的话，那么，市政厅婚姻登记处向世人展示的却是平凡、朴实和近在咫尺。婚姻登记处的面积很小，这里没有金光闪闪的墙壁和华丽的壁画，近窗的地面放着桌子和椅子，桌子上摆着的白色鲜花几乎成了它的全部装饰。想要结婚的人，不论来自哪里，都可以申请在此结为夫妻并许下对彼此的一生的承诺。我不曾结婚，无法深刻体会这种承诺的分量，但我相信，这个小小的结婚登记处，一定是许多情侣们的幸福生活的新起点，而它的平凡和朴实，也将是他们日后幸福生活的写照。

市政厅的西南角建有高达一百零六米的塔楼，塔楼顶部有三个金光闪闪的王冠，分别代表丹麦、瑞典和挪威以及三个国家人民的历史情谊。通往塔楼的旋梯很窄很陡，走过每一个通道都得小心翼翼。但当你到达塔顶，俯瞰老城区、船区等全貌时，便又觉得，一切都那么值得，因为眼前的世界，几乎是一个完整的中世纪的殿堂，它的美会让你着迷。塔楼底部放着比尔格·雅尔——斯德哥尔摩创建者的金像，人们以此纪念他为城市的缔造做出的巨大贡献。关于比尔格·雅尔，在瑞典流传着很多他的故事，但作为游客，我没有想过去进一步了解这些故事，只是为人们对他的纪念心怀崇敬，因为这种纪念，背后承载着一种保护与传承的愿望，这种愿望又让这个城市将最真实的历史留到了现在和未来……

诺贝尔博物馆

从市政厅出来，阳光正好，市政厅前的梅拉伦湖在阳光的照耀下波光粼粼，美轮美奂。但我无心在此逗留，迫不及待地赶去诺贝尔博物馆看看。这种迫不及待一方面基于它的名望，另一方面则是基于它对推动世界科学发展做出的无与伦比的贡献。

诺贝尔博物馆位于老城区的斯德哥尔摩证券交易所内，该馆始建于二〇〇一年春天，在诺贝尔奖设立一百周年时启用。进入博物馆，正门口便是服务台，在此可以购票、进行游览咨询。服务台的正前方是自一九〇一年至今所有诺贝尔奖获得者主展区。在主展区的屋顶上设有一条流动展览线，该展览线在服务台顶蜿蜒盘旋成蜗牛状，线上挂着九百多位诺贝尔奖获得者的照片和简介，当这些照片和简介随着展览线在馆内慢慢移动，像纸制的小屏风，又像小门帘，十分漂亮。如果你很崇拜某位诺贝尔奖得主，不妨站在展览线尾端静静等候，因为他的照片有可能正徐徐向你走来，你和他或她就这样近距离相遇。流动展览线下方液晶显示屏，详列了所有诺贝尔得奖者的得奖理由。从居里夫人到罗曼·罗素，再到屠呦呦，等等，站在显示屏前读着这些理由，深感生活中原来并没有太多理所当然，我们现在拥有、使用或体验的一切，可能正是他人用毕生的精力探索和研究的成果。

诺贝尔奖，可以说自创设以来，一直是文学和科学领域最至高无上的荣誉。这份荣誉，源于它的创设理念，也源于它严格的候选人筛选条件和严谨的评审流程。依据规定，诺贝尔奖提名或推荐，只能由往届诺贝尔得奖者或者在颁奖领域已经取得举世瞩目成就的人来担当，而不能是普通人。诺贝尔奖的评审大约要一年左右。通常情况下，头年九月份，诺贝尔奖委员会将向其认为有资格提名的人发出邀请，邀请其提名。委员会收到提名后会依据审查规则制作小名单，小名单制作好后将交由顾问审查。顾问审查是个相对漫长的过程，全程需要八个月左右。顾问审查完毕，委员会将向世界揭晓诺贝尔奖得主名单。诺贝尔奖得主揭晓后，委员会将以信函、电话的方式通知得奖者。

为记录得奖者们接听电话时的真实反映，委员会保留了电话通知诺贝尔得奖者时的录音。在主展区的右侧，有个小小展区，展区墙上放有话筒，当你拿起听筒，就可以听到不同时期诺贝尔得奖者们接到电话时的反应，他们有的很惊讶，有的很兴奋，有的很怀疑，但也有的很平静。可能因为我很感性，听着话筒里的声音，虽然他们离我好远好远，我却禁不住感动，为他们在各个领域的执着，也会为自己有幸遇到这份执着。

　　从主展区出来向右，转过放映厅，在博物馆右侧的角落处，有个小小的房间，就是诺贝尔先生的生平展览室。

　　诺贝尔先生于一八三三年出生于斯德哥尔摩市，由于家境贫寒，当他四岁时，父亲独自前往俄罗斯圣彼得堡经商。父亲经商成功后，他们举家迁往圣彼得堡。在那里，诺贝尔上了贵族学校，学习了俄文、德文、法文和英文，并师从俄罗斯教授尼古拉·尼科来维奇·齐宁学习化学。一八五〇年，诺贝尔前往巴黎，成为硝酸甘油发明者——意大利化学家阿斯卡尼奥·索布雷洛的门徒。索布雷洛先生认为，硝酸甘油受热或压力时稳定性差，容易发生爆炸，因此拒绝将其在生活中使用和推广。但是多年后，诺贝尔先生回到瑞典，以索布雷洛先生的研究为基础，潜心研究如何解决硝酸甘油使用的安全性问题，并于一八六六年取得成功。自后，硝酸甘油炸药慢慢被广泛使用。

　　事实上，我对诺贝尔先生发明的炸药本身并不了解，但我却了解炸药在社会生活中的重要性。记得小时候，我家住在大山村里。村子很小，全村人口加起来不到一千，基本都散居在大山深处，过着自给自足的农家生活。一九九〇年以前，从山里到乡上，只有一条十几里的羊肠小路。由于交通不便，人们只有遇到特殊事情或乡里某个大庙举办庙会才前往乡镇上，小朋友们体力不足，不太可能随大人们出村。为改善交通不便的情况，村里决定集资修条通往乡上的公路。但在崇山峻岭之间修公路，实属不易。村民们通过大量使用炸药，开山辟壤，经过三年多的时间，终于修通了家乡到乡上的公路，而那一年，我刚好小学毕业并将与小伙伴们一起到乡上中学念书。

中学离家很远，我们必须在校寄宿。因为修通了公路，周末回家时我们不再需要步行，而是踩着脚踏车，一路向家飞奔，任凭车后尘土飞扬……现在，那条公路已被再次修缮并铺设成水泥路，前往村里的人多数已有私家车，公路边的悬崖峭壁也早已长满郁郁葱葱的大树。偶尔回到家乡，依然怀念那段艰苦的岁月，也对所有发明炸药的科学家们心怀敬意。

诺贝尔先生终生未婚且没有子嗣，他在逝世前立下遗嘱，要求遗嘱执行人在他死后将他的全部财产设立基金，每年用基金获得的利息作为奖金，奖励那些在科学领域做出了卓越贡献的人。根据他的遗嘱，一九〇一年，诺贝尔奖正式创立，奖项分别由瑞典皇家科学院、瑞典卡罗琳医学院、瑞典文学院和挪威议会颁发。这些奖项的设置不受国籍、宗教与性别的限制，所有奖项均在每年的十二月十日——诺贝尔先生逝世纪念日颁发。

站在这个小小的展厅，读他的生平，不知不觉中我已泪眼模糊。我很喜欢这个博物馆，因为它装载着诺贝尔先生和许多科学家们的故事，也装载着人类对探索、对创新、对科学的尊重。我相信，无论历史染上多少尘埃，他们的故事将如同昨夜星辰，永远闪烁在人间。

老城区

从诺贝尔博物馆出来，心情有些沉重，我决定去金色和平餐厅吃点东西，缓解下情绪，然后好好逛逛老城区。

金色和平餐厅位于老城区的南端，从诺贝尔博物馆广场开始，沿着 Svartmangatan 大街向南步行十几分钟即可到达。与一般的知名餐厅以美食著称不一样，金色和平餐厅以其自一七七二年开业以来一成不变的装修而扬名国际。来这里就餐的有老百姓，也有很多文化名人，甚至还有不少诺贝尔奖得主。因此，还有一个传说，即该餐厅的名声来自十八世纪卡尔·迈克尔·贝尔曼和二十世纪音乐家康内利斯·佛利塞克所写的歌曲，而不是它那一成不变的装修。

事实上，作为一名游客，我对于它的名声的真实出处并没有太多兴趣或纠结，只是想去感受一下它的历史。但是，待我到达时却发现它的门静静地关着，有不少客人在前面徘徊。原来，该餐厅只有周六白天营业，其他日子营业时间从晚上五点到深夜。抬头望着它外墙上悬着的小小招牌在风中摇曳，有点遗憾，就这样与它失之交臂。但愿未来的某一天，有机会再来见见它的真面目。

老城区是个小而精致的岛屿，这里吃、喝、玩、乐都很方便。从金色和平餐厅转身跨过街道，就到了另一家餐馆——Cultur Bar & Restaurang。听说这个餐馆的酒饮不错，所以，来这里品酒的人不少。餐馆临街面放着小藤椅，不少客人已在此候餐。跟随客人的脚步走进餐厅，首先映入眼帘的是吧台前倒挂的一排排亮晶晶的高脚酒杯和吧台后的酒柜上放满的各色瓶装酒，这的确是个喝酒的好地方，尽管我不喝酒，但也有这样的直觉。

餐厅的整体设计比较简单，白灰相间的地板、黑色的高脚椅、白色大理石的吧台、木纹色的餐桌，都给人以清新、简洁的感觉。餐厅的一角有个小小的沙发厅，黄绿色的小沙发靠墙放着，可能为了应景，它的背景墙也漆成了同色。如果单看沙发，它算不上多么新奇，也说不上多么耀眼。可是，它后面背景墙上张贴的十几幅画像，却意外地给这个小房间增添了不少诗情画意。

时值晌午，餐厅就餐的人很多，但却一点也不喧闹，大家安安静静地享受着美酒和美食。我在临窗小餐桌前坐下，点了肉丸土豆泥——瑞典经典小吃。和我邻座的一对夫妇，约莫七十余岁，妻子穿着传统米色小碎花裙，外套毛线衫，满头白发，笑容可掬。她的丈夫穿着灰色毛衣套着衬衫和西裤，精神矍铄，若非戴着老花镜，很难看出他的年龄。可能因为我一个人，也可能因为我的亚洲面孔吸引了他们的注意，他们友好地向我点头，并用英语向我问候。我很礼貌地向他们打招呼。经过简单的交流，我了解到他们来自捷克，喜爱艺术，退休后到处走走。他们到斯德哥尔摩已经几个月了，但还不想离开。他们喜欢这里的大街小巷，喜欢这里的一切所留下的岁月的痕迹。我很理解他们对这里的依恋。事实上，坐在这里和爱人一起吃点小吃，看看窗外人来人往，本来就是人生最美好的样子。

吃过肉丸土豆泥，我起身离开，和他们道别时，心里竟有丝丝凉意，有那么一会儿，我是如此地羡慕他们，因为爱，因为随意，更因为他们对岁月的理解和珍惜……

从餐厅出来，风有点大，我把风衣的领口和围巾收紧了些，沿着西长街向北，漫无目的地走着。老城区的小街很有特色，一条条，又细又长，纵横交错。小街的地面都是清一色的圆润、干净的小青石，走在上面，心情也不由得轻快起来。小街两旁是以黄褐色和棕黄色为主，红褐色为辅的中世纪建筑。可能由于街道建设时久且相对细长，在这些街道的两旁，几乎看不到绿树和花草。但是，临街的小画廊、餐馆、小商铺、灯饰店以及服装店，装修各异，古香古色，完美地装饰着城区。来到这里的人们，既不觉得无聊，也不觉得烦闷。累了随便找个店歇歇，也许不经意就可以听到一些有趣的属于瑞典人的故事。

不知不觉来到德国教堂，这也是老城区最高的建筑。与市政厅一样，其墙用砖砌成，但其颜色相对轻淡，高高竖立的塔顶装有钟琴，每天分时段演奏《感谢我们的神》和《赞美主》。教堂内部与大多数教堂设计无异，大块的玻璃窗、精美的彩绘玻璃、白色的拱顶、天使的雕像和华丽的祭坛。听说该教堂与一般教堂不同，其建筑费用不是由教会或国王提供，而是由居住在教堂附近的德国人捐赠，因此，它被叫作德国教堂。也许正是因为它的建设资金来源普通百姓，到这里来祈祷的人特别多。这让我想起在美国留学时的室友，她信天主教，每每遇到困难或挫折，她都会前往教堂祈祷。有一次聊天，我问她，在教堂祈祷对于她解决困难或挫折有什么样意义？她告诉我，她的祈祷让她的压力得以释放，内心回归平静，从而有勇气更好地面对困难和挫折并找到可行的方案解决它。我没有办法感受她的体会，但我给她拥抱，期待她以后所有的祈祷都能如愿。

站在德国教堂门口，环看教堂里进进出出的人们，看他们虔诚的样子，真心希望一份祈祷可以带来一份心安，而一份心安可以带来一份平安，于他们、于所有的普通百姓……

从德国教堂出来，顺着 Kindstugatan 大街向东北方向走大约十几分钟，就到了斯德哥尔摩王宫。从外部看，王宫是个东西方较长、南北方较短、内带巨大庭院的四边形。与一般的宫殿不同的是，这个王宫的东、南、西、北四个面的设计不尽相同。听说这种设计主要是考虑到王室成员在王室工作中享有不同职权，并行使不同职能。比如，西面墙的装饰为武士，代表国王的威武和阳刚；而东面墙代表王后，除了墙面上突出的立柱外，别无他饰，这便代表着王后的谦和。由于王室成员已搬往郊外的卓宁霍姆宫居住，斯德哥尔摩王宫除保留了部分房间用作王室的官方居所外，其他房间或展厅均对外开放。由于已近黄昏，我来不及购票前往内部参观，但从咨询台获得的资料中了解到，斯德哥尔摩王宫有约六百个房间，其对外展出的皇家物品包括历代国王的王冠、王袍、权杖、战车、饰品、金银器皿等。

从王宫北门出来，就是有名的古斯塔夫·阿道夫广场。广场前面的梅拉伦湖停着许多小船和游艇，湖对面是瑞典皇家歌剧院和瑞典国立博物馆。傍晚时分，华灯初上，整个湖面泛着金黄，美不胜收，游客们在此聚集、聊天，乐此不疲……

借着灯光，随着游人，我走回旅馆，安静地躺在床上休息。老城区，一个小小的岛屿，一群中世纪的建筑，就这样，轻轻地，将我的梦照进了现实，也将现实照进了历史。

圣灵岛和骑士岛

　　圣灵岛位于老城区的正北方，通过两座桥梁与老城区相连，瑞典议会和地下建筑中世纪博物馆即位于此。如果只是边走边看，约莫二十分钟即可转遍全岛。但是，被小岛的历史人文和独特的建筑风格所吸引，人们在此参观，从不吝啬他们的时间，我也一样。

　　圣灵岛的西边是瑞典议会大厦。大厦建于一八九七年到一九〇五年间，东边为半圆形，原为中央银行所在地；西边为四方形，是议会工作区域。与其他北欧国家相同，瑞典自一九七一年起实施议会制改革，议会由原来的二院制改成一院制。从旅馆出发时，前台的小姑娘对我说，瑞典议会大厦内部装饰十分典雅，应该进去看看，在那里，可以好好感受瑞典的政治文化。然而，不得不说，当我真正站在议会大厦前面，并没有太多的兴趣去了解它的政治文化，而是被大厦东、西两个大楼之间的类似古道的过道深深吸引。这条过道约有五六米宽，几百米长，三四层楼高。过道的南、北面建有石砌三门牌坊。不知是由于过道颜色的泥土灰，还是过道的深长，看到它，头脑里便满满的都是楼兰古城的样子。

　　事实上，我从未去过楼兰古城，对它的印象也仅仅停留在小时候念过的王昌龄先生的"黄沙百战穿金甲，不破楼兰终不还"的诗句上。但有趣的是，可能我自小就是个爱幻想的人，学习这首古诗时，课本信息十分简单，老师的讲解也十分浅显，但每当朗读或背诵这首诗，头脑中便会出现一个意象的城市。在这个城市里，没有太多的居民，没有太多的房舍，没有太多的树木，有的只是漫天的黄沙和在黄沙里高高筑起的泥土墙、穿城而过的长长的深深的古道，还有那从古道里疾驰而过的武士们……站在议会大厦过道中央，抬头看看高高的"泥墙"，再低头看看过道里来来往往的游客，还有他们渐渐远去的背影，我不知道是什么样的城市铸就了什么样的历史，还是什么样的历史铸就了什么样的城市？有些不解，在这个长长的过道……

　　从过道出来左转，步行三分钟后即可到达中世纪博物馆。这个博物馆实际是建立在原考古挖掘地址上的地下博物馆，展览面积一千七百多平方米，展品一千多件。特别有趣的是，这里的展品几乎均是泥制品。依其说明，这些泥制品充分展示了斯德哥尔摩市的中世纪生活，这让我有些吃惊，却又十分欣喜。吃惊的是，这些泥制品展示的生活画面与我在文学作品或历史文献中读到的中世纪生活画面大相径庭，当然也与斯德哥尔摩老城区——这个完整地展示中世纪印象的活标本相差甚远。这些泥制品里没有高楼大厦，没有车水马龙，有的只是石头、砖头或木头堆砌的小矮屋、穿着朴素大衣的中年大妈和用泥土堆砌矮小的城墙等，一切都充满着浓浓的乡土气。然而，又正是这些乡土气，让我十分欣喜，因为它与我的家乡如此的相似。

我在农村出生、成长，很小的时候，便和姐姐、妹妹跟着父母一起劳作。春天跟随父母挖地、除草、种菜，夏天便可收割青椒、黄瓜、豆角、茄子、南瓜等，新鲜美味。夏天过后，父母在土里种上红薯。红薯长得特别快，大约三四十天后，薯苗便绿泱泱的像被子似的盖在了土地上。放学后，我们会跑到地里帮助父母整理薯苗，将四向生长的又长又细的薯苗拨向一个方向，然后将成串的银铃般笑声留在了土地间。秋天是红薯成熟的季节，我们会将大多数时间花在割薯苗、挖红薯、晒红薯丝上。由于水稻亩产量低，一般家庭没有足够的稻米过冬，妈妈便会将红薯或红薯丝与大米相拌做成饭，供全家人享用。冬天相对寒冷，我们会早早地在土里种下萝卜和白菜，作为过冬的主菜，然后围着火炉，等待漫长的冬天过去。

可能正是这种四季分明的劳作，培养了我对土地的情感。年近三十，从法学院毕业，正式走进了城里，远离了家乡，也远离了土地。在那些忙忙碌碌的日子里，很容易忘记土地的味道。如今在这个博物馆里，再次看到那些浓浓乡土味的生活，尽管在异域他乡，尽管生活的模式不尽相同，但那种人与土地紧密相连的感觉，始终是一样的……

从中世纪博物馆出来，我头脑里满满都是回忆。我想，我需要找点新鲜的东西，将自己拉回现实。于是步行到骑士岛，希望那里的风景可以带给我另一种感触。

　　骑士岛位于老城区的东北角，北临梅拉伦湖，岛上有著名的骑士岛教堂。如果说老城区的德国教堂代表的是人民的智慧和力量，那么骑士岛教堂则代表的是皇权的尊贵与威严，因为它是瑞典君主的葬礼教堂。自一二九〇年至今，包括古斯塔夫二世·阿道夫在内的多个国王埋葬于此，其装饰也可说富丽堂皇。由于始终没能培养出对教堂文化的浓厚兴趣，我并没有在此久留。但是，待到转身离开，却禁不住在教堂正前方的黄色小楼前驻足，且久久不愿离去。这个黄色小楼没有高大的前门、没有大理石外墙、没有门卫，但它不是商业场所、不是私人住宅，而是市法院。它的小小的"个儿"和那简朴的外相，如果不看路边的指示牌，估计很少人会将它与法院相提并论。

　　我在国内从事法律服务工作多年，有过不少在法院出庭的经历。随着中国经济的飞速发展，在过去的三十年间，随处可见中国的法院大楼拔地而起。毫无疑问，良好的工作环境有助于审判工作开展，但是，有时也深感在法院建筑日新月异的同时，许多法律从业人员的专业理论、职业素养、服务理念似乎还有较大的进步空间。一个国家的法治发展水平，实际也是一个国家现代文明发展水平的象征。促进法治建设，离得开高楼大厦，但却离不开高素质的法律从业人员队伍的建设。

　　离开市法院，沿着小石街来到了骑士岛北面码头。这里视野开阔，远处，横跨梅拉伦湖的大桥宛如一条银色的带子落在了湖面上，在阳光的映照下闪闪发光；近处，临水而建的市政厅如同一座庞大的水上宫殿，只不过，你无须担心它会沉没。湖边，一排排红色的房屋依山而建，自南向北延伸，没有尽头。青山、绿水、蓝天、白云、红屋，一切都是那么的鲜明、亮丽……中午时分，阳光正好，坐在岸边的长椅上休息，呆呆地看着波光粼粼的湖面，让人很容易忘了疲劳、忘了过去，也忘了时间……

动物园岛

　　动物园岛是斯德哥尔摩中部的一大岛屿，是皇家动物园的一部分。岛上有很多有名的博物馆，也有画廊、主题公园。与老城区和北部市区不同，整个小岛绿树成荫，当地人喜欢来这里休息或带着孩子到主题公园游玩。一九三〇年，斯德哥尔摩市的博览会就在该岛举行，当时吸引了来自世界各地约四百万游客，小岛也渐渐走进了大众的视野。

　　从骑士岛出来，在老城区吃过午餐，我决定到动物园岛看看，因为那里有我念念不忘的北欧博物馆和瓦萨沉船博物馆。

　　北欧博物馆位于动物园岛的入口处，该馆是瑞典最大的文化历史博物馆，其作品主要展现瑞典近代至今的文化史和民族志。它于一八七三年由亚瑟·哈兹里乌斯投建，并于一九〇七年落成。设计者采用的是文艺复兴时期的建筑风格，将其设计成城堡状，从外部看，高大、壮观、典雅。

　　与其他博物馆不同的是，从北欧博物馆正门进去便是一个长一百二十六米、高二十四米的大厅。大厅两边设有成排立柱，立柱顶部呈伞状展开，各立柱顶部龙骨部分形成彼此相接的半圆形拱顶，交叉呼应，又秩序井然。整个立柱、拱顶均为白色，与大厅的正中央悬挂着白色的自然曲折的帘状饰品相互映衬。听说在不同的节日或重大庆典时刻，这里还有极光秀，整个大厅在极光的映照下，恍如一个迷你的宫殿，美轮美奂。

大厅的正中央矗立着古斯塔夫·瓦萨国王的雕像。中世纪的瑞典经历了诸多朝代和国王的更替，不少国王多有建树，如古斯塔夫·瓦萨国王就是其中一位。一五二一年，古斯塔夫·瓦萨带领军队在德意志城市莱比锡和吕贝克的帮助下，经过两年的战争，打败了丹麦，并于一五二三年六月六日在斯特兰奈斯举行的议会上被选举为瑞典国王。丹麦溃败后，古斯塔夫·瓦萨的军队收复了斯德哥尔摩，并废除了卡尔马联合，瑞典自此获得真正的独立。瑞典的独立，对于其在北欧地区的崛起有着不可估量的作用。因为自身的丰功伟绩，古斯塔夫·瓦萨被他的儿子埃里克十四世追尊为古斯塔夫一世，瑞典也将六月六日定为国庆日。

人类社会的发展，总是有某些相似性。瑞典中世纪的历史，就像是中国几千年封建社会各个朝代的缩影。如果真要找点区别，那便是经历中世纪的黑暗后，随着工业革命在英国的爆发且慢慢席卷到荷兰、法国、德国最后到达北欧，瑞典顺利搭上了工业革命的列车，慢慢建立了完善的工业体系并为后面的经济发展奠定了良好的基础。而中国，同时代的明朝灭亡后，自然地走入了下一个历史的阶梯——清朝。同时，清朝的闭关锁国，扼杀了刚刚萌芽的资本主义经济的发展。站在历史的岔道口，如何扬起前进的风帆，相信这于任何一个民族、一个国家、一个领导者，都不是件容易的事，也许正是这种不易，从而铸就了历史的厚重和使命的光荣……

北欧博物馆共有四层，除大厅设置突显君王权威外，其他展览区域的作品多是展示北欧地区人文风情的民俗工艺品、住宅与内饰、珠宝、餐桌摆设等，十分亲民。在众多的展品中，给我印象最深的是民俗工艺品和珠宝饰品。与其他由某些领域的专业人员创作而成的作品不同，该馆展出的民俗工艺品由瑞典民间艺人创作，他们没有接受过专业的训练，但却是真正懂得民间风情和民间生活的人。他们根据自己对人、对自然、对室内装潢和圣经故事等的理解，创作出与他们生活息息相关的各类家居用品和饰品。这些作品色彩鲜艳，图案简单。比如水果色的椅垫、展示农民在乡村劳作的地毯等，每一幅作品都是农村生活的写照。记得俄罗斯文艺理论家车尔尼雪夫斯基曾说过，艺术源于生活又高于生活，想必这就是最好的例证。

关于珠宝，不得不说，在此之前，我对它没有半点兴趣。这可能因为我的生活一直与珠宝无关。同时，因为不曾拥有，有时甚至理所当然地认为珠宝是俗气的象征。但是，北欧博物馆展出的各类珠宝饰品十分特别，不管是耳环、手链、项链，还是其他饰品，都十分精致；更有部分作品，珠宝实际只是整个饰件的极小部分，但由于其形状或颜色十分特别，让整个饰件精美绝伦。我在这里逗留了许久，竟悄悄地爱上了它们，爱上它们的精致，也爱上它们的艳丽。

从北欧博物馆出来继续向前，不到五分钟，就到了瓦萨博物馆。该馆专为瓦萨号战舰而创建。瓦萨号战舰是世界上仅存的十七世纪战舰。据说当时瑞典国王请荷兰的造船师亨利克·海柏增作为监工，雇佣四百多人历经两年造成。战舰以瓦萨统治的盾徽而命名，桅顶到龙骨长五十二米，船首到船尾长六十九米，重一千二百吨，它是当时世界上重量最大的船只。但是，一六二八年八月十日，战舰下水时突遇到大风，战舰沉没，一百五十多名船员中至少有三十人丧生。关于战舰沉没的原因，据说是设计方案调整不力所致。依原设计，该战舰为一层炮舰，后来，瓦萨二世国王得知丹麦已经拥有双层炮舰后遂命令将该战舰改为双层战舰，由此致其"头重脚轻"。战舰下水时，船员们在船舱中放置了许多石头以平衡船身和船底的重量，但最终没能敌过狂风，沉没水里。由于当时的技术十分有限，所以，战舰直到一九六一年，沉入水里三百三十三年后方被打捞上来。

战舰打捞上来后，经过多年的修复工程，基本恢复原貌后才在此展出。与战舰同时展出的还有一并打捞上来的一万四千多件零散的木制品和七百多件雕塑。这些雕塑，有狮子、国王、希腊神像等，很多都有镀金或彩漆。根据博物馆的相关资料介绍，十七世纪的战舰实际不只是用于海军作战的工具，同时也是国王用以展示其王室尊贵和威武的工具，因此，战舰的装饰相对奢华。

可能因瓦萨号由荷兰造船师设计，站在它的面前，竟然觉得它和《加勒比海盗》电影中的那艘永不沉没的荷兰幽灵船如此的相像，同样的高大，同样的三个桅杆，同样的多片风帆，同样的……当然，瓦萨号的颜色更加明亮，且正是因为它明亮的颜色，让我不曾产生类似于对幽灵船的惧怕。

跟随着队伍向前逐层参观，很是感叹荷兰人早年在造船业的造诣和在世界航海史上创造的卓越成绩。记得二〇一四年到荷兰风车村参观时，在那里有一个很小的钟表博物馆给我留下了深刻的印象。那个钟表博物馆的特别之处不在于里面的钟表多么的古老，而在于它将钟表展览、二十四小时制的计时发明和荷兰的航海史相结合，这让参观者可以深刻地感受到在那些文化知识和科技都不发达的世代，历史上的每一项重大发明或发现都不容易，但一旦某个领域有重大发明或发现，其给人们的生活或社会发展带来的影响将是不可估量的……

我去过很多的博物馆，每一个博物馆，似乎都有其独特的故事；但无论哪类故事，无论它们以何种方式被人们所记住，最需要感谢的永远是创造故事和将这些故事不断传承的人们。

从瓦萨博物馆出来，已近黄昏。沿着动物园岛的小径转转，四周绿树成荫，微微的风从头顶拂过，我把双手插进衣兜，看阳光斜斜地照在草地上，树影一点点地被拉长……有点爱上这里了，在这个夏日的黄昏。

地铁文化

　　地铁是现代都市生活最重要的公共交通工具之一，但是，不同的城市，因为不同的发展历史，其地铁文化不尽相同。

　　初次接触地铁是在上海。二〇〇七年夏天，我从家乡坐火车赶往法学院参加研究生入学考试面试，火车的终点站是在上海南站。从南站出来，可以乘坐三号线直达校园。记得那时的我，在那个陌生的大都市，推着行李箱，坐在三号线上，望着窗外的高楼大厦和对面风驰电掣般驶过的地铁，有些开心，也有些迷茫。

　　毕业后留在上海工作，短短十年间，上海的地铁线也从我初来时的四条增建到十七条。上海地铁干净，标识清晰易懂，购票系统操作简单，很多人在市内出行选择地铁。但是，随着城市规模不断扩大，近些年，地铁也变得越来越拥挤。另外，随着智能手机的普及，选择地铁出行的人，不论是站着还是坐着，基本都是低头盯着自己的手机，有的看新闻，有的看电视剧，有的刷朋友圈，也有的玩游戏。于是，当我们从任何一个视角望向地铁内的人群，看到的似乎都是勤勉的"电子虫"。

　　除了"电子虫"现象外，与新加坡、日本东京、法国巴黎等地地铁站的单调不同的是，上海很多地铁站都有地下商铺，而这些商铺不管是经营服饰、美甲、饮品，都各有特色。周末时，背个小包，在这里挑挑选选，随时可以遇到心仪的东西。当然，在这里购物，需要具备良好的讨价还价的能力，因为稍不注意，你会发现，你在前面店铺高价购买的东西，隔壁就在低价出售。但只要有耐心，兜兜转转，在这里总是能发现些物美价廉的东西。因此，上海的地铁是繁忙的、拥挤的，但因为很多小店的存在，让它多了很多生活的味道。

　　与上海地铁有很多"电子虫"不同，英国伦敦的地铁有很多"书虫"。伦敦是世界上最先建设地铁的城市。大都会地铁于一八六三年建成，当时的地铁采用的是蒸汽机，在那个慢节奏的年代，人们习惯在地铁上看书似乎并不奇怪。但是，经过近一百六十年的发展，伦敦的地铁系统早已进入电气时代，坐地铁出行的人们，依然有很多"书虫"。由于很多人在地铁上看书，地铁里也特别安静。有人觉得这种安静应当归咎于英国人生性冷漠，对此我不能妄加评论。但这种说法，让我记起学习英语时，在语言学校的教材里遇到一个有趣的语法题，其大意是说英国人的冷漠是不是源于日不落帝国的没落，这似乎给我们提供了一个新的思考英国文化的角度，即大英帝国的没落对英国人的个性是否有影响或有怎么样的影响。如果伦敦地铁的"书虫"现象或多或少源于英国人的个性冷漠，且这种冷漠又或多或少缘于日不落帝国的没落，那么，我又不得不感叹，日不落帝国的没落，带走了风光，却留下了人们对书籍的依赖和喜爱，而这种依赖和喜爱让人思考，也让人沉淀。

与伦敦地铁文化相似，华盛顿的地铁也相当安静。华盛顿是美国的首都，也是美国政治的中心。不过，它的地铁线路十分简单，而且藏得很深。从几十米高的电梯到地铁站，常让人有种眩晕的感觉。同为美国，纽约的地铁异常平民化。在那里，随处可见穿着奇装异服的人们，抱着不同的宠物，说着不同的语言，进进出出，一天二十四小时，永不停息。

事实上，如果说纽约的地铁是平民化的象征，那斯德哥尔摩的地铁却是典雅的标志。斯德哥尔摩最早决定建造地铁是在一九四一年，但正式的地铁系统运营始于一九五〇年，它最初是将一条地下电车线改建为地铁。现在，斯德哥尔摩市共有蓝、红、绿三条主线，七条支线，一百个车站；其中四十七个位于地下，五十三个位于地面。由于斯德哥尔摩市东边是波罗的海，其西边是梅拉伦湖，矿产资源十分丰富，这里的地质多为岩石结构，因此，为使建成后的地铁既方便又美观，斯德哥尔摩市建筑地铁时，基本将那些裸露的岩石完整地保留，然后请来一百多位艺术家，以这些裸露的岩石为天然背景作画，每一个站点，都有一个鲜明的主题。由于这些艺术家有着不同的文化背景和不同的创意，因此，他们给我们呈现的每一个站台都成了独一无二的"主题公园"。

T-Centralen站是红、绿、蓝三线交汇站，往三条主线方向的站点设计均不同。蓝线站位于地下最深处，当我踏上电梯，沿着蓝色的洞壁徐徐往下时，觉得自己是在走向海洋深处，而非地铁站，同时，因为洞壁岩石的自然裸露，让整个站台神秘却又充满张力。从电梯下来，在站内转圈，抬头看看洞壁和洞顶，整个装饰就像个建筑工地，黄色的洞顶和浅蓝色的洞壁上画着建筑工人建设地铁时的剪影等图案，让旅客无法参与但可重现的过去，就这样清清楚楚地呈现在眼前。原来，地铁站也可以这样装饰，有些恍然，但也期待下一站的惊喜。

与 T–Centralen 站颜色鲜明不一样，Duvbo 站颜色相当暗淡。地面是灰白两色相间的大理石，洞壁是泥石混合的棕黄色。站台两边的部分洞壁上画着黑白间色的骨骼状图形，尽管头顶装有三排日光灯，但整个地铁站仍相对阴暗。从地铁跨出来的那一刻，竟然有种走进"人间地狱"的感觉，要不是三五成群上下地铁的人群以及接踵而至的重重的脚步声，真担心自己再也回不去了！也许这就是艺术的魅力，随时随地带给我们想象的空间和心灵的震撼。

如果说 T–Centralen 和 Duvbo 站主要向我们展示现代视觉艺术的话，那 Rissne 站则像是向我们展示思维艺术。这个站的洞壁为泥白色，站台的一边用赤、橙、黄、绿、青、蓝、紫等各种颜色做成的世界编年史，记录着在世界发展史上给人类社会带来巨大影响的人物和事件；站台的另一边用同样的色彩展示着世界地图的变迁。在这里，我们可以读史，读人类的故事，并通过这些过往来想象我们的未来。可能因为我对历史的厚爱，因此对这个站台由衷的喜爱。

在站台来回踱步，静静看着人们上车、下车、离开，突然有点心酸。
人生浮萍，几度风雨，几度秋……

从 Rissne 站下车，再上车，再到 Rinkeby 站、Tensta 站、Solna Centrum 站、Hallonbergen 站等，一个个走过、看过，他们有的如同森林王国，有的如同儿童世界，有的如同世界联盟，有的……一个站台，一个世界，只要你有心去读，都能读出你的心声，这就是斯德哥尔摩地铁站的艺术魔力。

晚上九点半，回到 T–Centralen 站。我从站内出来，一个人走在大街上，路灯有些昏黄，街上依然人来人往，斯德哥尔摩的夜，清清凉凉，十分舒服。但愿什么时候有空，我可以再来这里转转，看看它的未来，也看看自己的过去……

第三部分 03

奥斯陆

从斯德哥尔摩到奥斯陆

八月二十九日，天气晴好。大清早起床，匆匆冲好澡，我快速收拾行李前往斯德哥尔摩中央火车站，搭乘早上的火车前往奥斯陆。离开旅馆的前一刻，在宿舍外室拍照留念，因为这是我这些年住过的旅馆中唯一一个装修风格、饰件都充满着历史韵味的旅馆。我喜欢墙上的壁画，喜欢卧室门口古老的电报机，喜欢这些棕红色的带着原木香味的木地板，喜欢前台房间的飘窗式休息区、精美的靠垫，还有热情的小姑娘。

从旅馆出来，走过三个街区就到了斯德哥尔摩中央火车站。火车站的房子白墙黑瓦，乍一看，与中国江南水乡的建筑十分相似。据了解，它于一八七一年一月就已经开始启用，且一直是瑞典最大的火车站，也是北欧地区人流量最多的交通中心，每天，有二十二万多人从这里进出。我来得虽早，但火车站外已有不少旅客，大家拎着行李匆匆往里走，新的一天就这样开始了，看着他人离去，看着自己向前。

　　火车站的大厅很简单、古朴，除了大厅中间有古老的铜饰围栏外没有其他饰品。站内右边商业区，是各类装修精致小店，有欧式小吃、咖啡屋、甜品店、礼品店等。因为还有半小时的候车时间，我在咖啡店里买了早点——咖啡和面包，准备在此吃早餐。小店的座位不多，但是，来往的人却不少，前座的一位中年男士，穿着笔挺的西装，已经开始一天的忙碌了。咖啡店的吧台离通道有约二十厘米高的台阶，他抬头看到我一个人拎着两个行李箱，还背着背包，便站起来帮我拎行李箱。我微笑着感谢他，他笑了笑，又埋头工作。美好的早晨可能是看到一抹漂亮的晨光、收到一句久候的问候，也可能是遇到一个友善的陌生人……有幸，在即将离开斯德哥尔摩时，我拥有了一个美好的早晨。

　　我所搭乘的前往奥斯陆的火车停靠在第七站台。吃过早餐，从咖啡店出来，直接步行两三分钟就到站台。瑞典的火车站台与欧洲其他国家火车站类似，没有现代化的设施，轨道、站台指示牌、站台过道等，都是百多年来一直沿用至今。由于设施相对陈旧，火车运行速度十分缓慢，并且常因各种各样的原因出现延误……记得二〇一四年秋天，我从巴黎乘高铁去到荷兰的马斯特里赫特市，火车在临近布鲁塞尔时偶遇轨道故障，所有乘客需改乘短驳车前往另外一个车站换车前行。站台广播用法语和荷兰语轮番播放故障事项，但我却没有听懂半句。看着车上的乘客全部下车且往外走，也不知发生了何事，只得跟着下车往外走。站在站台上，有些迷惑，看到迎面走来一对年轻情侣，我上前问问情况。他们很友好地向我解释通知，并告诉我，他们也是前往马斯特里赫特，因此，我可以与他们同行。从站台出来，转过三个街区，终于看到了短驳，但由于人数众多，我们不得不排队等候。站在长长的队伍中，他们快乐地和我分享他们的旅程，我很感谢遇到他们并得到他们的帮助。几句简短的翻译，让我获得了正确前行的信息，也获得了了解他们的机会。人生就是这样，充满意外，也充满惊喜与幸福。

八点四十五分，火车准时驶进站台。从斯德哥尔摩到奥斯陆，全程五个半小时，票价却相当便宜，头等车厢也只有几十欧，且没有行李费。我两手各推一个行李箱，车票也在手里紧紧地攥着，沿着站台向前走。当我来到车票上写明的二号车厢，慢慢找到我的座位时，却发现那里已有一位先生坐着。我希望是他看错了号码，或者……我慢慢走过去，向他出示车票，礼貌地告诉他，他可能坐在了我的位子上。他有些意外，拿出他的车票检查，发现那是他的位子，我们都有些不解。此时，列车员正好过来，她帮我们核对，原来是我上错了车厢。这列古老的火车，共有六节车厢，其中一到四节是普通车厢，五到六节是头等车厢。但头等列车的标号同样是一、二号车厢，因此，我车票上的二号车厢实际是头等车厢的二号车厢，而不是普通车厢的二号车厢。我向他道歉，并拎着行李迅速下车，重新登上头等车的二号车厢。这些老列车，车室离地面有一米多高，等到我将行李搬上车并放好，早已满头大汗，但很庆幸，我最后上对了车……

火车的车厢相对窄小，但是很干净。由于乘客少，大家随意地坐着，相互并没有多少照应。可当我走过过道时，左边窗台边一个六十多岁的妇女，穿着大花长裙，一头黑得发亮的卷发十分抢眼，她朝我微笑了下，但也没有招呼。我挑个靠窗的位子坐下，火车慢慢启动，一切刚刚好，幸运好似在延续……

随着火车徐徐向前，我的心情也慢慢平复。从斯德哥尔摩到奥斯陆，列车途经梅拉伦湖和维纳恩河流域并横穿瑞典南部大陆区域。车窗外大片大片的树林、平整的小草原和自由奔跑的小绵羊，偶尔还可以看到许多小小的湖泊，它们像落入园林的镜子，一片湛蓝，十分漂亮。

中午时分，我想到餐车吃个午餐。但餐车很小，可提供的食品只限于三明治、汉堡和墨西哥卷之类的简单食品，我选了三明治，食品种类不多，但量却不小。我预测自己不能吃完整个三明治，列车员很体贴，她帮我热好三明治，另送我一个方便盒，以便吃不完时可以装好带走，不会浪费。我很感谢她的细心，拿着午餐回到车厢，继续着这段愉快的旅程。

下午三点多，列车驶入奥斯陆中央火车站，一段新的旅程就这样慢慢开启……

安可旅馆

  安可旅馆位于奥斯陆市中心东北角,从火车站步行过去,大概十五分钟路程。旅馆的大厅很大,临街边是巨大的落地玻璃窗,淡灰色的沙发临窗放着,下午的阳光斜斜地照在窗外的大街上,大厅也显得特别明亮。由于正值欧洲暑假期末,出来旅行的年轻人特别多,他们成群地坐在沙发上或聊天,或玩游戏,或沉沉地睡着。看着他们和他们的笑容,这一切都让我无限怀念那早已逝去的青春岁月,怀念那没有压力、没有担忧、没有畏惧的简单日子。在那份简单里,做什么都是快乐的,看什么都是新鲜的,尝什么都是幸福的。人都会长大,随着年纪的增长,我们对社会事物的认知越来越多,可很多时候,这种认知让我们疲倦,也让我们无奈,因为人生没有完美……

  排队近半个小时,完成入住登记,我拎着行李来到三楼的卧室。很开心,这个宿舍有漂亮和开阔的窗户、宽大的床铺,还有独立的卫生间和厨房。但让我吃惊的是,坐在临窗床位上休息的老妇人,竟然是火车上那位向我微笑的老妇人，世界真小，我们一同感叹。慢慢放好行李，我斜躺在床上小息会儿。她侧身看着我，夸我的睡衣漂亮，并借此和我开始了比较正式的交流。

原来她叫 Isabel，来自美国佐治亚州，今年六十六岁。她的儿女早已成家，她和老伴已经退休多年了，原本日子过得平凡而安逸。但是，两年前，她的老伴突然爱上了她的一个新邻居并向她提出离婚，她曾拒绝并祈求他留下，但他去意已决，最终三十多年的婚姻不得不以离婚收场，更为痛心的是那时的她已不再年少青春，而是人近黄昏。离婚后的她，生活骤然陷入了低谷，疾病也日渐增多。

去年三月，Isabel 因为喉咙部位发现肿瘤而进行了住院治疗，现在已无大碍，但是她的呼吸却变得沉重。为了让自己走过那段艰难时光，她开始了一个人的旅游。这次的北欧行，我们去的地方基本相同，只不过，她在每个城市待的时间比我更长些。她告诉我，在过去的三十多年里，她已习惯了一切围着家庭转，习惯了一家人外出度假，老伴做行程，她做后勤。现在一切都已改变，她在慢慢地适应这一切，适应只有一个人的一切。她试着忘怀，但却很难忘怀，于是，她常常需要诉说，与不同的人，在不同的时候……

她为她的诉说向我道歉，希望那不会给我带来不快。我告诉她，当然不会，我很理解她的处境，也很理解她的状态。但遗憾的是，对于她的诉说，我真不知该说些什么来安慰她。人生在世，最难面对或处理的事莫过于男女之情。一段情感，无论曾以什么样的方式付出，也无论将以什么样的方式结束，作为当局者，唯一能做的就是相互尊重，尊重彼此的付出，尊重彼此的努力，也尊重彼此的选择。前行的道路因为伴着前面的故事会变得艰难，但如果心怀美好，相信终有一天可以重新获得幸福，因为到那时，一定已经释怀了过去、释怀了他人，也释怀了自己。

我站起来给她拥抱，希望她可以早日过上轻松快乐的日子，也感谢她毫无顾忌地与我分享她的故事。我告诉她我有些疲惫，需要躺躺，她点头离开，前往餐馆用餐。

大约一个小时后，我从迷糊中醒来。Isabel 还没回来，另外两个室友也还没到。偌大的宿舍只有我一个人，很安静，我喜欢这份安静。我不想外出，便坐在床上翻翻《红楼梦》。说来很有趣，记得大约二十年前读《红楼梦》，对林黛玉爱得至深，因为她的爱情最纯，为她的悲剧命运，我不知流了多少眼泪。但这两年，有空时再复读某些章节，对于剧中人物，有了新的解读，依然喜欢黛玉，但从婚姻的角度，又不得不赞赏宝钗的知人情、懂世故，从而认为成熟的两性关系可能更冷静、更理性，也让人处着更舒服。爱情的世界里，很多时候没有对或错的问题，只有合适与不合适的问题，对的时间遇到对的人，便成就了婚姻，否则，恋爱将永远只是恋爱而已……

夕阳西下，我合上书籍，披衣起床。独自走在大街上，看着来往人群，路灯昏黄，我心情很放松，因为在这个陌生的城市，我有了一个新的房间，也有了一个短暂的家……

奥斯陆歌剧院

我习惯了早起，在奥斯陆的第一天也是这样。天气很好，阳光很温和，徐徐的微风吹在脸上，没有半点冷的感觉。披着外套出门，我决定先去奥斯陆歌剧院看看。

奥斯陆歌剧院位于奥斯陆湾区，从旅馆步行过来，大约半小时左右。大剧院占地面积近四万平方米，由于其三面临水，从市区过来，远远看着它，像一座悬浮在水面上的小小城市。慢慢走近，却发现歌剧院的设计师充分利用室外屋顶高矮相错的特点，建成了一个露天滑雪场。这个滑雪场从与水相接的底部到顶部，沿着一定角度曲折盘旋，徐徐上升。春天到秋天，人们在这里步行、骑车、玩滑板，冬天白雪茫茫，人们在这里滑雪，尽情享受与大自然融为一体的快乐。

我跟着人群，缓缓地从屋顶底部走到顶部，每一个坡度，所看到的风景各不相同，待走到屋顶，整个奥斯陆市区、南面峡湾和峡湾上的小岛尽收眼底。很多年轻人在这里嬉笑、玩耍、自由地拥吻。

我站在靠边的露台休息，迎着风，呼吸着海面拂来的清新的空气，抬头望着天空，随处可见随风飘浮的白云朵朵。那一刻，我觉得自己与天空如此的接近，甚至有点逐日的感觉。偶有鸽子飞落到身边，随手可以抚摸它们光滑的羽毛，和它们对话。它们不但不会轻易逃跑，还会抬头看看你，并用尖硬的喙啄啄你的手，像是和你做交流。突然有些莫名的感动，为和一个小小的生命这样轻易地走近。记得一年前和Scheher先生谈到宠物事宜，他和我一样，没有喂养宠物的习惯，尽管我们都爱小动物。他不喂养宠物是因为工作的忙碌，而我却因为不愿看到小动物被圈养而失去其应有的本能。此刻，为和这个走近的小生命有更多的交流，我将袋里的面包拿出来，撕成屑，放在手心，任它一点点吃完，然后看它展翅飞向蔚蓝的天空。我不知道它何时再飞回来，但是期望它的旅途，不要遇到太多的风险……

　　我从歌剧院的屋顶下来，前往内部参观。歌剧院的内部空间很大，且设计很有特色，从大门进入，便是一个开阔而宽大的空间，这里特别引人注目的是用长方形木块装饰成的橙色的背景墙。和瑞典、芬兰一样，挪威也是木材资源十分丰富的国家，在这里，木材既是通用的建筑材料，也是通用的装饰材料。沿着楼梯缓缓向上，所有的通道和通道两边的墙面全是用黄棕色的木板装饰的，让人有种置身于森林的感觉。这让我怀念起家乡的大山，怀念小时候舅舅给我们做木床、桌椅和小水桶的欢乐时刻。

舅舅是村里少有的木工，他做事认真，活儿精细。每年秋天，爸妈似乎都会请舅舅到家里做点木工活。当他在堂屋架好木刨时，我们姐妹几个便傻傻地站在一旁看着，期待薄薄的刨木花从刨具上滑下来，因为它自然地卷曲着，很漂亮，也很轻盈。当刨木花铺满地面时，我们便可以坐在上面玩耍，甚至累了，就在上面睡觉。我们从不担心伤着身体，因为类似磕碰、划伤的小事故在童年的生活中几乎天天上演，我们早已习惯且乐在其中……由于家里人多，舅舅给我们做了可以自由收放的圆餐桌，在那个经济不发达的时代，算是村子里少有的特殊家具，它伴随着我们走过近三十年的岁月，至今仍被爸妈收藏在三楼的储物间。美好而简单的记忆，就这样永远地留在了逝去的岁月里……

歌剧院有三个舞台，一千多个房间。它的大厅的舞台有几千平方米，其中有一部分位于水平面以下十六米深处，整个形状似马蹄。舞台各层围栏均用波罗的海橡木制成，由于做工精细，看起来相当润滑。据说大厅后面的一千多个座位都有独立屏幕，演出时，能够提供八种语言的翻译字幕。剧场中央顶部悬挂着几吨重的 LED 大吊灯，大吊灯由手工打造的玻璃棒组成，远远看着像一轮缓缓升起的明月，十分耀眼。歌剧院常年有芭蕾舞剧的表演。如果你是芭蕾舞剧的爱好者，不妨提前购好票，在这里看个演出，很容易拉近自己与艺术的距离。

从歌剧院出来，我坐在临水边的餐厅外听听歌，看蓝天、白云、大海、远处扬帆，一切都是那么的安静和美好。记得从斯德哥尔摩前往奥斯陆的火车上，收到旅居缅甸的朋友伊藤贵子发来的信息，她问我在北欧的旅程怎么样，当得知我即将到达挪威时，她告诉我，挪威很美，要好好感受这段旅程。这一刻，我十分认同她的观点，挪威——很美，并且美得很天然！

SCOTSMAN 餐馆和三文鱼

挪威是一个美丽的国度，有绵长的海岸线和数以千计的岛屿。虽然国土面积有三分之二位于北极圈内，但是，由于北大西洋暖流和北极圈寒流在此交汇，因此，挪威自古以来就是欧洲著名的天然渔场。各种海洋食品，成了挪威夏季的主打食品，如三文鱼在当地久负盛名。同时，挪威林业资源十分丰富，耕地相对贫乏，到了秋冬季节，各类养殖和野生动物食品，如羊肉、麋鹿肉，都是人们餐桌上的常见食品。

从歌剧院出来，我决定去 Scotsman 餐馆吃午餐，因为它位于奥斯陆中央火车站的右前方，从歌剧院过来步行约七分钟左右即到，而且，它有鲜明的挪威特色。

从火车站边的右侧小门进去，刚入餐厅，我就觉得自己来对了。因为餐厅内的装饰很是漂亮。棕褐色的宽大的木吧台和台柜，看起来十分古老和典雅。吧台后的木柜内整齐地放着上百种酒，不同的色泽、不同的瓶装，在灯光的照射下，形成了一种晶莹剔透的美，天然地装饰着餐厅。吧台外的餐桌，有的很大，有的很小，但无论是大是小，都是统一的木质结构。那些精致的饮料单，都被美美地装进了与桌椅同色的木制相框里，十分文艺。

我在转角靠窗处的小桌前坐下，服务生送来了菜单，并礼貌地向我介绍着挪威的美食。我点了大众口味的三文鱼配土豆，希望可以吃出不同的味道。大约十分钟后，服务生就送来了我的食物。虽然是大白天，因为餐厅内室装饰相对暗淡，他为我点好蜡烛，又嘱咐我有问题随时招呼他，然后转身离开。虽然只身一人，但望着小小的烛光在桌前闪烁，我一时感觉有些浪漫。

这份浪漫让我记起前些年有幸去到马斯特里赫特——荷兰南部与比利时、德国毗连的一个美丽如画的边境小城市。在那里，烛光晚餐便是人们最常见的生活方式。由于经济发达、环境优美，人们生活平静而安逸。那里的商铺大多下午六点关门，人们习惯把更多的时间留给家人、爱人或朋友。大街小巷，随处可以看到年迈的夫妻俩共同骑车出行，小青年牵着小朋友在公园玩耍，尽情享受生活的悠闲。每天下午六点左右，人们开始到餐馆用餐。露天的餐馆外，到处都是烛光闪闪，夫妻对饮、小情侣相偎相依，一切都是那么的祥静和美好。我在那里待了三天，转遍城市的大街小巷，此后久久不能忘记，夕阳西下那烛光闪闪的街道。因为在我心里，那便是幸福与和谐的样子……

三文鱼配土豆，实际除三文鱼和土豆外，还配有煎制的花菜和特制调味酱。厨师将白色的三文鱼放置于绿色的花菜上面，再放上红椒，而煮熟的小小的圆土豆和调味酱另用两个瓦灰色的小瓷碗装着，分置两边，十分精致。记得去年夏天，前往湖南和四川学习面食制作时，师傅都会告诉我们，一道受欢迎的好菜，首先得有好的"色相"，这样方可勾起人的食欲，而好的"色相"既包括菜的颜色，也包括摆盘的方式。眼前的这道三文鱼配土豆，从其颜色和摆盘看，"色相"十分出色，我等不及要好好尝尝了。先切了点三文鱼和土豆，蘸了点调味，我尝了尝，鱼松嫩爽口，土豆松软清新，特别是它的调味酱，不甜不辣不咸，味鲜且嫩。毫不夸张地说，这道三文鱼配土豆，应该是我近些年在欧美国家吃到的最好吃的食物了。

事实上，不管是土豆还是三文鱼，在欧美很多国家都是很常见的食品，只是做法不尽相同，而味道也与挪威的相差甚远，典型的例子便是美国和英国。

在美国，土豆和三文鱼都很受欢迎，但可能由于美国人相对随性，人们对于饮食也就没有北欧那么讲究。老百姓餐桌上见到的土豆多是薯条，偶有煮土豆，但没有北欧人做得精致。三文鱼的做法相对多样，但美国人习惯了从超市购买熟食，很少在家烹饪。所以，在美国吃到的三文鱼多是腌制好的，回家小火煎熟，或者加点香菜即可。因此，在美国，一般的家庭或餐馆是很难吃到新鲜三文鱼的，更不用说像挪威这样精心调制的鱼酱。

与美国相似，英国的饮食，除了下午茶外，历来都很简单和随性。土豆是他们主食，人们在超市采购土豆，就像我们采购大米或面粉，整袋整袋地运回家。一般晚餐，他们会将土豆制成不同食品，如薯条、土豆泥，偶尔也会烹制 Shepherd Pie——一种用鸡蛋、绿豆、牛肉末和土豆分层烹制的英国传统食品。但由于制作 Shepherd Pie 相对耗时，一般家庭不常做。周末走进餐馆，最受大众喜爱的食品就是鱼和炸薯条。当然，这里的鱼不是三文鱼，而是去了骨头和刺的鳕鱼。英国人对鱼和炸薯条的喜爱，就像美国人对比萨的喜爱，近乎狂热。我在英国居住期间，听房东说，英国的鱼和炸薯条算是工业革命给饮食行业带来的副产品。原来鳕鱼的运费昂贵，但蒸汽机车的发明大大改变了货物的运输速度，而鳕鱼的价格也随之降了下来，鱼和炸薯条就这样成为老百姓最爱的廉价食品。

一方水土养育一方文化，对此，我们很难用好或坏去做评价。作为游客，我喜欢挪威人对饮食不同寻常的讲究，因为这份讲究创造了情调；我也喜欢英国与美国饮食文化的随性，因为这种随性带来了平凡。

下午两点多从餐馆出来，阳光正好。就这样，我又慢慢走进街头人海中……

诺贝尔和平中心

诺贝尔和平中心位于奥斯陆峡湾处，市政厅的右前方。它的大楼原来是火车站，后被改造成旅游中心，近些年再次被改造成诺贝尔和平中心，并于二〇〇五年正式对外开放。

众所周知，诺贝尔奖除和平奖外的其他奖项都在瑞典颁布，那么，为什么和平奖由挪威颁布呢？我想这可能与两国在历史上建立的两次联盟有关。挪威与瑞典的首次联盟缔结于一三九七年，终于一五二三年。① 当时斯堪的纳维亚的丹麦、瑞典和挪威国家结成卡尔马联盟，根据该联盟，丹麦、瑞典和挪威将共同拥戴一个君主并各自保留除外交和国防事务外的其他权利。由于卡尔马联盟的设立与丹麦玛格丽特一世有着很大的关系，因此，很长一段时间，玛格丽特便成了卡尔马联盟的国王。卡尔马联盟后期，丹麦王室不断想要控制挪威、瑞典国内事务，矛盾频发，战争不断，这极大地激起

① http：//www.chinaembassy.se/chn/，中国驻瑞典大使馆的官网

了瑞典人的不满。一五二三年，瑞典人在古斯塔夫·瓦萨领导下，出兵镇压境内的卡尔马派，卡尔马联盟宣告瓦解，瑞典获得独立。此后数百年间，挪威附属于丹麦，与瑞典出现了一段时间的分离。挪威与瑞典的第二次联盟发生在一八一四年至一九〇五年。一八一五年，丹麦在拿破仑战争中失败，同意与其签订《基尔条约》并将挪威割让给瑞典，但该条约未执行，挪威随后宣布独立并颁布宪法。不久后，瑞典进攻挪威，迫使挪威与其结盟，挪威议会作出相应调整，并拥戴瑞典国王卡尔十三世为挪威国王，挪威与瑞典的第二次联盟正式形成。一九零五年，瑞典—挪威联盟解散，挪威真正获得了独立。①

　　由此我们不难看出，当瑞典依据化学家阿尔弗雷德·诺贝尔的遗嘱于一九〇一年颁发诺贝尔奖时，挪威依然是瑞典—挪威联盟意义上的领土。可能为了平衡两个国家政治层面上的关系，瑞典政府决定，诺贝尔和平奖由挪威政府颁发。挪威政府不负使命，由议会任命五位评审委员组成挪威诺贝尔奖委员会，负责选举和平奖得主。每年十二月十日，诺贝尔和平奖颁奖仪式在奥斯陆举行，由挪威诺贝尔委员会主席颁奖，挪威国王监礼。

　　来到和平中心，从正门进去，一楼大厅是诺贝尔和平奖历史和诺贝尔和平奖得主的生平介绍。由于诺贝尔和平奖的设立初衷与其他奖项不同，它是表彰那些"为促进民族国家团结友好、取消或裁

---

　　① http：//www.chinese-embassy.no/chn/nwgk/，中国驻挪威大使馆的官网

减军备以及为和平会议的组织和宣传尽到最大努力或做出贡献的人"，因此，在这里读获奖者的生平故事，实际就是读一部宏观的世界政治史。从瑞士的亨利·杜南——红十字国际委员会创办人，到美国的民权活动家马丁·路德·金和通过和平手段结束南非种族隔离的纳尔逊·曼德拉和费雷德里克·威廉·戴克拉克，再到来自伊拉克的致力于终止在战争和武装冲突中使用性暴力的纳迪娅·穆拉德，等等，他们的背后，都有一个个深刻的促进人类发展的历史故事。这些故事让我们懂得，人类权利的获得、国家独立地获得、地区和平的获得，是何等的艰难。很多时候，是许许多多无辜生命的丧失，才使这些获得得以成就；也是这些无辜生命的丧失，让我们无法忘却，却又勇往直前……

然而有点遗憾，在过去一百多年间，中国经历了民族独立战争、民族解放战争、改革开放等重大历史事件，在这些重大的历史事件中，有许多优秀的中华儿女为民族的独立、国家的解放、社会的发展、世界的和平作出了不可估量的贡献，但在和平奖的故事里，却没有他们的身影。

从大厅向内，沿着扶梯上二楼，首先进入拥核国家及地区安全展览区。在这个不到三十平方米的房子里，全面展示了国际社会拥核情况、核风险以及由核风险带来的地区安全问题。记得小时候，我在课本上学到中国的两弹一星，那应该算是对核能最初的概念了解。长大后，从国际新闻中多多少少都会听到些关于核试验、禁核等类似话题，但也从未认真思考过核问题的地区影响及其背后复杂的国际政治力量的较量。在这里，认真地读着这些介绍，我原本有些低落的心情变得更加压抑。记不清以前在哪本书中读到过这样一段话，其大意是人类社会的发展有其自身的规律，从长期性发展的角度讲，只有人民群众才是真正推动社会发展的基础性力量；但从短期性发展的角度讲，真正对人类社会的发展产生暂时性的推动或阻碍作用的是那些掌握政治权力的个人。作为普通百姓，我不能说哪个国家或领导制定的政策促使着核问题的发生和加剧，但我又不得不说，如果世界上强有力的政治领袖们愿意真正地团结起来，真正致力于做好推动和促进国际和平的工作，那么，国与国的关系、地区与地区的关系将变得更加简单、平和，核问题也将不再是地区稳定的定时炸弹……

从核展厅出来，随即进入一个梦幻般的人物展室。这个展室将所有和平奖得主的头像分立于一个个约一米高的展屏上，每个展屏间隔二十厘米左右，在这些展屏之间放满了纤细的二极管，二极管的顶部有约三至四厘米长的发光管，所有展屏和二极管在房间被摆成自然的曲线，每当音乐响起，二极管的发光管就会随着音乐的节奏发出天蓝色的光，并从一个方向如同多米诺骨牌似的向另一方向自然舒展开来，等到所有的发光管亮起天蓝色的灯光，整个房间就像一个满是繁星的小小的天际，漂亮又神秘。站在屏厅的中央，安静地看着这一切，好生感动。我不知道人类社会的发展，是否有一天也会如同这个小小的展室，满是蓝色，满是希望，且风平浪静。但无论如何，此刻，我为有幸感受这一切而感恩。

和平中心，一个让我感动却也伤感的地方……

阿克尔码头

从和平中心出来，我决定到阿克尔码头散步，吹吹海风，并将起伏的情绪慢慢平复。

阿克尔码头原来是一家历史悠久的造船厂，在二十世纪八十年代，随着造船业的凋敝和造船厂倒闭，由此导致两千多人失业。如何解决好失业人员的再就业问题以及如何将该区域进行升级改造，成了企业和政府面临的首要任务。为确保项目改造成功，政府与企业展开了广泛的合作，并通过改变该区域的用地功能，即由原来的重工业区改造成现代商业区域，从而使该区域面貌焕然一新。

码头实际占地不到三十公顷，但据说改造工程历时多年。为了使该区域的改造与奥斯陆的历史、未来发展紧密相连，设计师们在工程设计方面做足了功夫。首先，对已经倒闭的造船厂，由于其一百多年的经营历史，承载着许多人的美好记忆。为了保留这些历史的痕迹，设计师们保留了老船厂的全部外立面，内部用现代装饰进行了结构性改造，使其成为一座多层的、舒适而优雅的商业中心。

这样的设计使得整个区域像是不远处的市政厅及挪威皇宫区域形成的自然延伸。其次，阿克尔码头南面临海、北面临陆、东边连着市政厅的 Pipervika 广场，是公众十分喜欢的休闲区。为保留其休闲特性，在区域改造过程中，设计师们对建设区域进行了功能性划分，临陆面建的是住宅，临海面建的是商业区域。商业区的前面建有几米宽的人行道，人们可以在这里享用美食，也可以在这里散步，但不会觉得拥挤。另外，为了让来到这里的人们可以近距离地看海，人行道外、与海水相接的岸边，建筑师们用木地板铺设了宽阔的休闲区域，很多游客在这里晒太阳、游泳、聊天、钓鱼或者跑步，怡然自得。好的建筑设计就是这样，带给人的是轻松和愉悦，而不是枯燥和压抑。

事实上，欧洲国家除奥斯陆外，很难看到新建城市或者现代建筑比较集中的城市，我想这可能与西欧国家的工业化进程有关。英国十八世纪中期掀起了工业革命，但直到十九世纪早期，工业革命才蓬勃发展并慢慢席卷欧洲。在此期间，随着机械生产慢慢替代人力，农村人口大量涌入城市，欧洲各国城市规模不断扩大，大量希腊、罗马风格的建筑物横空出世，如巴黎城区、英国议会大厦区域的建设等。到二十世纪中期，这些国家的城市建设基本完成，由于这些城市的规划相对科学且极具战略眼光，所以，它们大多沿用至今。与其他欧洲国家相比较，挪威的城市发展相对落后，这主要因为它和瑞典、丹麦有着几百年的隶属关系。在这种隶属关系存续期间，挪威虽在内部事务上保有相对独立的管理权，但在国家发展战略中，却始终未能获得如同瑞典和丹麦同样重要的考量，其首都的城市建设也自然落后于斯德哥尔摩和哥本哈根。但无论如何，这个后起之秀在新城的规划中，也遵循着欧洲先例——科学且合理。

城市的容貌，始终是见证历史的最佳证据。回头看看我们中国近三十多年的城市建设，我们造就了很多城市的繁荣，但是，也有不少城市由于规划缺乏科学性和合理性论证，带来大量房地产过剩、景区设计雷同等问题。记得我小时候学习语文，常为读到全国各地的优秀景点而感触良多，甚至希望有那么一天，可以依照课本里的介绍游遍全国。然而长大后去到国内很多的地方，随处可见的高楼大厦、古镇园林，因为其设计千篇一律，早已将童年的印象淹没。前些年因为工作，有幸到济南出差。因为是第一次去济南，出发前，自然心怀各种憧憬，期待看到趵突泉，期待看到《济南的冬天》里的雪景，期待看到满城绿色……然而，当坐着的士驶入城区时，见到的除了高楼大厦外，便是满城的汽车和那遮着云、蔽着日的雾霾。完成工作后，与同行的客户一起相约见见他们的朋友，大家坐着寒暄，听他们聊到小时候的济南，聊那些弯弯曲曲的街道和随处可见的泉眼，大家都很无奈并感叹，这已不是他们记忆中的济南……

从济南离开多年后，我依然深刻地记得那时聊天的情景。城市建设，真的需要将当地文化与经济发展相结合，而不是一味地建造高楼大厦。真心希望未来有一天，我们无论走在中国的哪个城市，可以见着高楼大厦，也可见着历史。

走累了，在街边 Paradis 买支冰淇淋，在码头边的木板上坐下，眼前是一望无际的深蓝的海和停泊在码头的白色的邮轮，那轻轻扬着的桅杆似是唯一能打破这份宁静的使者。往来人群在这里集聚，人们喜欢这里的蓝天、白云，喜欢这里简单的商业文化，喜欢这片宁静的海域还有那偶尔光顾的海鸥。在这里，久久地坐着，也是一种幸福……

维格朗雕塑公园

维格朗雕塑公园在奥斯陆的西北角，公园占地五十公顷。它由挪威著名雕塑家古斯塔夫·维格朗先生设计，并以他的名字命名。

维格朗先生一八六九年出生在挪威南方的曼达尔镇的一个木匠之家。他小时候喜欢绘画和雕塑，可能是基于子承父业的考量，青少年时期，他的父母送他到奥斯陆的技术学校学习伐木而不是艺术。在学校学习期间，他的父亲不幸去世，于是，他回到曼达尔与祖父一起生活并在他的农场干活。一八八八年，他再次回到奥斯陆并决定专业从事雕刻工作。很幸运，这时他遇到了 Brynjulf Bergslien——挪威另一位有名的雕刻家，并在他的工作室学习创作。二十岁那年，他的第一部作品 Hagar And Ishmael 参展并获得成功。一八九一至一八九六年间，他游历了欧洲哥本哈根、佛罗伦萨、巴黎等城市，并在巴黎遇到了艺术大师奥古斯特·罗丹且在他的工作室工作。这段游历让他接触了大量文艺复兴时期的艺术作品，激发了他的创作热情。他的作品多以生命、人生为主题，通过不同的人的生活状态来展示生命的意义。为了纪念他，维格朗雕塑公园用大片区域展示他的一百九十二座作品。来这里参观的人，一年四季，络绎不绝。

我在旅馆时，就从室友 Coco 那儿听到雕塑公园的故事，于是，来奥斯陆的第二天上午，便决定去那里看看。从旅馆到公园，坐电车可以直达。可能由于奥斯陆常住居民并不多，而且地铁很方便，因此，早上出门，很少有人乘电车。在前排靠窗的位置坐下，阳光透过车窗轻轻地洒在脸上，暖暖的，很舒服。车窗外，没有太多的高楼大厦，也没有行人匆匆，有的只是绿荫丛丛。早起的小鸟，在树枝上跳来跳去，清脆的歌声飞出去好远好远。可能在大都市待久了，好久都没有听到鸟叫了，瞬间觉得自己离大自然好近，好近……

大约半小时后就到了公园。从正门进入，首先沿着一条小道向前穿过一片大草坪到达石桥。石桥又名"生命之桥"，建得很宽，两边的栏杆上竖立着五十八座青铜雕塑。这些雕塑有的展示了小朋友的顽皮，有的展示了男性的健硕，有的展示了母爱的力量，也有的展示了男女之间的你侬我侬。在这些作品中，最有名的作品是"愤怒的小孩"。小男孩不知因为什么原因而难过至极，他跳着脚，握着拳头哇哇大哭。由于他的表情十分生动，看着很是让人心疼。记得小时候的我，对于生活中的一切都十分敏感，害怕被责备，害怕孤独，也害怕失望。每每难过之时，总可以哭个大半天。家里孩子多，爸妈没有太多的时间来搭理我，并慢慢习惯了我长时间的哭泣。而哭泣中的我，由于没有大人的安抚，深感孤独和无助，于是哭得更加伤心。很多时候，直到哭累了自然地睡去。这段经历似乎持续了两三年，直到上小学时才有了明显的改善。同时，因为这段经历，长大后的我，虽然至今没有自己的孩子，但对姐姐、妹妹的孩子疼爱有加，无论遇到什么事情，我都会和他们进行良好地沟通、解释，以免他们难过并哭泣。因为我坚信，幼小的生命，是需要理解和呵护的。

跨过石桥向前，经过一段几何型的花坛，来到喷泉处。喷泉又叫"生命之泉"，它的中间部分是由六个壮年男士托起一个大水盆，泉水从盆面倾泻而下，在水盆四周溢出并形成漂亮的水帘，连绵不断。也许这就像生命的生生不息。喷泉外围的池壁上有六十座细小的青铜雕塑，而它的四边角上立着二十个巨大的树雕，每个树雕上都有人坐着、站着、爬着或与小朋友嬉戏，形成人树合一的独特造型。这些雕塑，有人认为他们是生命的力量的展示，也有人认为这是生命的担当，而我觉得他们是年轻的象征；因为年轻，所以勇敢；因为年轻，所以充满活力。

我走过喷泉，沿着后面的石阶缓缓向上，来到"生命之柱"。与石桥和喷泉区的青铜雕塑不同的是，"生命之柱"是座石雕，它也是雕塑公园的最中心区域。"生命之柱"高达十七点三米，其中人物雕塑部分高十四点一米，共有人物雕塑一百二十一个，他们姿态各异，从下至上，围绕着石柱，相拥相依。那种亲密，那种包容，让人看到团结和向上的力量。这种力量带给人震撼，也带给人勇气。石柱前的石阶两边有三十六组花岗岩群雕，他们三五成群，有的埋头向下，有的相拥相视，有的伏膝冥思，有的侧头交谈。也许这就是生活，有顺境也有逆境，有孤单也有协助，有努力也有无奈。

为了体现个体生命的有限性和人类生命的生生不息，维格朗先生还创作了"生命之环"。它是由四个成年人和三个小朋友身体自然半屈、手脚相连连成的一个空心圆环构成，抬头看着他们，不禁意间，似乎理解了生命的轮回。

生命就是这样，有时不足轻重，有时又不可思议。记得多年前妹妹推荐我看过的胡茵梦小姐的《生命的不可思议》一书。这本书不算厚，我大约四天左右看完。说真的，虽然我没有胡茵梦小姐那样的佛心，但对她在书中表达的对生命的认知、理解和尊重却感同身受。人生实则不易，不论我们生于贫穷还是富贵，都难免遇到这样那样的困惑或困难，而所有困惑或困难都将成为我们成长的挑战。不同的人，由于面对挑战的心态、勇气、策略等不同，其展现的人生状态也不同。但是，如果我们换个角度，从生命周期看待人生，便又发觉，生命的存在方式实际又是单一且相同的，无论成功还是失败，我们从出生到死亡，都将经历童年、少年、青年、中年、老年的生命周期。如果说《生命的不可思议》一书让我从抽象的角度感触着生命的不可思议，那么，这个公园让我真正遇见了生命的不可思议。

雕塑公园里还有维格朗先生的博物馆，这也是维格朗先生的安息之地。看完这些展示人的生命的雕塑，我居然不想再去阅读他的故事了，我想对此有些保留，期待日后再忆起这里的一切，那便是最简单却又最深刻的生命之旅。

　　临近中午，我坐电车返回市区吃午餐，并期待下午可以继续探索这座与大自然相亲相爱的城市。

阿克斯胡斯城堡

阿克斯胡斯城堡位于奥斯陆峡湾的岩石上，它于一三〇〇年由挪威喻康五世国王主持修建。听说这个城堡在当时既是王室官邸也是战略堡垒，既是监狱也是皇家陵园。在市政厅前面的餐馆吃好午餐，我决定前往阿克斯胡斯城堡参观。

在临海的 Akershusstranda 大道边，有一条沿坡而建的小道通向城堡。由于城堡建设年代已久，小道上的小石块已被踩得光滑锃亮，如果穿高跟鞋在此走过，难免还会有滑倒的可能。小道的另一边是蔚蓝的大海和停靠在港湾的各种型号的邮轮，阳光很好，站在小道上感受轻轻的海风，十分舒服。这条约莫半公里长的小石道，中间有两个石砌的拱门，拱门外的小坡上，爬满了绿色的藤蔓，似是向游客诉说着它的历史。

我从小石道的尽头转进城堡，首先看到的是一大片绿草地，长在草地外围的几棵参天大树，庞大的树枝向四周伸出好远，在绿草地上形成一大片阴凉地。很多家长带着小朋友在此休息，小朋友们围着大树玩游戏，大人们在此乘凉，很轻松，也很温馨。我是个十分喜欢小朋友的人，而现在随着年纪越来越大，对于在适当的时间养育小朋友的意念也越来越强。但愿有那么一天，我也可以如同其他父母一样，有缘陪伴自己的小朋友成长，并带着他们走遍世界的每一个角落。

草地的临海边，是高高筑起的土墙和炮台。据说阿克斯胡斯城堡刚建成不久便成功地抵御了瑞典的进攻，相信这些炮台功不可没。坐在炮台边的草地上，望着风平浪静的海面，我无法想象几百年前的战争实况，但我可以理解这个炮台在挪威人心中的分量。记得两年前的清明节我到澳门旅游，在东望洋塔塔台上第一次看到炮台，那时有些吃惊。因为在我有限的记忆里，澳门几百年的发展历史相对和平，东望洋炮台自一六三八年建成后也未曾使用过，我不知道这个炮台建设的意义。本次北欧之行，在芬兰堡再次看到炮台，当我在芬兰堡博物馆中读到芬兰堡的历史故事以及这些炮台在古代战争中的重要功效时，不得不感叹古人的智慧和社会安稳对于老百姓的意义，当然，也为自己对于军事要地缺乏常识性认知而羞愧。有幸生活在一个热爱和平的国度，不曾奢求荣华富贵，但求国泰民安。

从炮台处下来，我沿着一条小石径往东，便到了阿克斯胡斯城堡的核心建筑群区。据说一六二四年，奥斯陆发生了一场大火，当时，由于挪威仍是丹麦的附属国，大火过后，丹麦国王克里斯蒂安四世决定重建奥斯陆时，同时对这座城堡进行大规模的扩建，从而形成了现在我们看到的建筑群。这个建筑群依其建筑材料可以分成两部分。近海部分建筑以石头为建筑材料，房屋相对高大、坚固，是防御外敌的要塞；临陆部分建筑以木头为建筑材料，房屋相对矮小、结构精致，是当时皇宫的官邸。虽然这座城堡的建设初衷是防御外敌，但十八世纪后，随着英国工业革命慢慢向北欧蔓延，荷兰、丹麦、挪威的船运业得以迅速发展，奥斯陆的发展也逐步由军事要地向商业城市转变，城堡的防御功能也基本消退；但由于奥斯陆卫戍司令部、挪威防御博物馆、挪威武装力量博物馆均设在这里，挪威的部分外事活动依然在此举行，它在挪威的军事战略地位也依然很高。

沿着小石板路，走遍每一座建筑，便觉遇到每一段历史。在奥斯陆的最后一刻，我竟有些舍不得离开，舍不得离开城堡边的绿草地、绿草地外蔚蓝的天空和海水，以及那片片风帆。于是，我又折返炮台处，坐在炮台边的土墙上，安静地等待着这个城市的傍晚的到来。

可能因为我一个人，也可能头发乌黑，我刚坐下来不久，一个高大的男生来到我身边，问我可否一起坐下。我说当然可以，这草地并不专属于我。他笑了，在我旁边坐下，然后自我介绍，他来自德国，名叫 Nicolas。可能担心我觉得他不怀好心，他的介绍有些一本正经。我有些忍俊不禁，和他开玩笑说，我叫"Colas"，来自"德国"，新"德国人"。他高兴极了，觉得这样我们似乎很接近，因为"同样的国籍"和"相似的名字"。我暗自笑他有些笨，但也理解德国人的认真。就这样，遇到了一个陌生人，也遇到了一种文化的印象。

　　坐在土堆上，我们聊了各自的行程、爱好，也聊了工作。原来他刚参加工作一年，是名妇科实习医生。这让我忍不住再抬头看他，高高大大的个子，轮廓分明的英俊脸庞，从事妇科医生工作，这多少有些不相衬，我在心里说。当然，我说不相衬，并不是我对妇科医生工作的歧视，而是我觉得长得高大英俊的人，大多走进了时尚行业；而妇科医生工作，则更多地留给了女士或长相普通的男士。

　　他看我表情有些异样，问我为什么？我辩解说很佩服他，因为妇科医生是个需要耐心、更需要爱心的工作，对女性的爱和对孩子的爱。然而听完我的解释，他却告诉我，他选择妇科医生工作，与他妈妈生育孩子的经历有关。他妈妈生了两个孩子，他是哥哥，下面还有个妹妹，但由于生育过程发生意外，妹妹出生几天后，妈妈便离开了人世。他和妹妹跟着爸爸长大。长大后，他知道了妈妈的故事，于是决定从医。我不知道该说些什么，很是感动，为他妈妈的故事，也为他的决定。

　　可能他的故事有些沉重，于是有那么一会，我们陷入了沉默。为了打破这种沉默，我半开玩笑地说，以后哪天要生宝宝了，我来找他。他笑了，说他乐意效劳，并且他那德国人的认真劲儿又来了。他问我在德国住哪个城市？喜不喜欢德国，我有些语塞，并借机向他道歉。我告诉他，我其实不是德国人，我也不叫"Colas"，前面的介绍只是想和他开玩笑，没想到他相信了。我希望他谅解，他开怀大笑，说不管如何，以后就当我是"Colas"了，并问我是否介意。我说当然不会，名字实际上只是代号而已……

　　就这样坐着、聊着，时间慢慢地过去了，而我们也忘了时间。等到尽兴，已近黄昏。我需要回旅馆收拾行李，赶明天一早的巴士前往哥本哈根。我向他说明，并起身道别，他和我拥抱，然后目送我离开。

　　从城堡下来，独自走在海边大道上。海边依然停靠着巨大的邮轮，但白天蔚蓝的大海已变得深沉，夜在慢慢降临。别了，Nicolas；别了，阿克斯胡斯城堡；别了，奥斯陆……

第四部分 04

哥本哈根

123

从奥斯陆到哥本哈根

在欧洲，我从未有过坐巴士出行的经历，于是，这次从奥斯陆到哥本哈根，我选择了巴士。八个小时的行程，多少会有些辛苦，但我依然对此充满期待，因为巴士将沿着瑞典西海岸从北向南前行，一路上可以看看瑞典西部全貌，还可以看看斯卡格拉克海峡和卡特加特海峡的峡湾风景。

汽车站就在中央火车站的背面，从旅馆出来，步行二十分钟就到。汽车站不大，但是十分干净。它的干净，让我很放松。事实上，我并没有洁癖，但却害怕脏乱。在美国生活两年，有过很多次乘巴士旅行的经历，但美国的候车环境真的不敢恭维。比如，东部纽约和华盛顿商圈，Mego 巴士很流行，也很方便，但是却没有像样的室内车站。它的车站往往就是马路边的停车道，道边竖着的小牌子是唯一让你知道它是车站的标识。因此，无论是烈日当头，还是刮风下雨，没有任何地方可以休息或躲避，很是难堪。再如，美国最大的巴士运营商——Greyhound，在全国各地建有候车室，乘车环境也

126

比 Mego 巴士好，但是在大多数城市，它的候车室都是建在偏远的市郊，因此，想要去车站坐车，可能得兜好大一个圈。今年新年，我在南卡罗来纳州的州府乘坐巴士前往北卡罗来纳州的夏洛特就遇到了类似的境况。当然，我喜欢旅行，喜欢体验不同的生活，因此，旅行途中的艰辛、折腾很快都会化成动力，鼓励我继续前行。

八点十分，巴士准时驶出车站，汽车司机开始进行自我介绍和行程介绍。虽然这种介绍只有几分钟，但我一直很喜欢，因为听完介绍，像是将自己的行程和路上的风险交给了一个"熟人"。坐在我旁边的男生很年轻，他可能是看到全车厢就我一个亚洲人，司机的话音刚落，就禁不住和我问好。他很好奇，我为什么乘巴士而不乘飞机前往哥本哈根。我说想看看沿路的海峡风景，没想到他告诉我，他也是一样。我们相视而笑，为一个共同的选择巴士的理由。

一路上，我们畅所欲言。他来自冰岛，叫 Ben，是大二学生，他在挪威待了四天，然后坐车去哥本哈根看望他叔叔一家，预计在那边待三天，然后回国上学。他很喜欢旅游，曾一个人跑到非洲去看维多利亚瀑布。他也喜欢做手工，自觉最浪漫的事是去年圣诞做了一个漂亮的花篮送给他女朋友，但不幸的是，不久后他们却分手了，理由是女朋友觉得他太木讷，只会做手工。我说很遗憾，但感情的事，结束了就结束了，还会有更好的等着他。他朝我笑笑，说但愿。我说一定的，并希望借此可以给他鼓励。

车窗外，一路都是漂亮的农场、美丽的小山丘，还有深蓝的大海。农场上偶尔出现的牛羊会让人产生下车拥抱它们的冲动。我告诉他，可能因为我来自农村，很喜欢农场。记得二〇一七年夏天，有一次和 Scheher 先生一起去度假，从弗吉尼亚州南部回华盛顿的路上，看到路边有好多小小的家庭农场。那时的我是多么期待有那么一天，也可以拥有自己的农场，不需要大，只需要有满场的绿色，还有小小的羊羔……

　　下午四点多，汽车经过瑞典南部城市马尔默市，然后驶上厄勒海峡大桥。作为中国人，对于各类现代跨海大桥并不陌生。但我不得不说，当汽车驶近大桥时，我依然禁不住为它的独特设计而惊叹。大桥全长十六公里，临近瑞典部分的八公里建在水面上，中间四公里建在人工岛上，最后四公里为海底隧道。因此，从远处看，整座大桥像是一半在天上，一半在水下。根据相关资料，桥梁专家选择这种设计，主要是出于安全方面的考量。因为丹麦方与厄勒海峡相接的区域为哥本哈根机场，如果大桥建在桥面上，由于其高出水平面二百多米的设计，会给飞机的起飞和降落带来安全隐患，所以，临近丹麦方的四公里改为隧道。但正是这样的设计，使得工程建设出奇地艰难。据说在建设人工岛时，施工人员在海底挖沙时，还发现了二十多枚二战时期英国投入的炸弹。这些炸弹虽然在水中沉没半个多世纪，但依然具有随时爆炸的可能性。为此，丹麦皇家海上部队特别安排工程人员就这些炸弹进行打捞并炸毁。另外，由于瑞典和丹麦两个国家有其独立的文化体系，交通规则、语言等都不相同，为使大桥建成后两国火车系统可以正常运行，设计师们为此特别设计了跨桥梁火车独立使用的交通管理系统，以方便两国火车顺利在对方的国土上驶入驶出。

虽然大桥的建设历时九年多，但是，大桥自建成后就成了丹麦和瑞典的最大交通枢纽。现在，因为哥本哈根的高房价，很多丹麦人住在马尔默，上班在丹麦。一座大桥，连接着两个国家、两座城市，也连接着两种相近但却相异的文化和文明。

汽车行驶在厄勒海峡大桥上，除了可以感受大桥与海面相连的美丽外，还可以看到茫茫大海上随风而转的海上风车。丹麦领土四面临海，为了保护环境，也为了让老百姓用上相对廉价的能源，丹麦政府大力推广风能发电。经过几十年的探索和发展，丹麦已经成为世界上风力发电最发达的国家，同时，政府还计划到二〇五〇年，将风力发电提高到全国用电总量的百分之五十。在不远的未来，丹麦有望将清洁能源全部取代石化能源。地球是需要呵护的，我为丹麦政府在保护环境做出的努力而心怀敬意。如果所有的国家，对于环境保护都有类似的追求，也许，我在童年时感受的漫天雪地的冬天、鲜花盛开的春天、阳光炽热的夏天、天高气爽的秋天将不只是记忆，还是我们的未来。

五点左右，巴士穿过大桥，顺利抵达车站。我取好行李，和Ben 说再见。他看我行李多，坚持帮我提行李箱并送我到旅馆，我心怀感激。自小习惯了一个人出门，一个人打理所有的行李，一个人照顾自己，时间久了，我都不知道这个习惯是好还是坏。走在他的后面，看着他高大的背影和他手中紧紧抓着的我的行李箱，此刻竟然有些哑语。

　　大约十五分钟后，我们到达了旅馆，他放下行李箱，跟我拥抱并说再见，我有些不舍，他回过头来，轻轻地吻了我的额头，祝我一路平安。我向他挥手，然后转身走进了旅馆，泪水却慢慢湿了眼眶……

斯迪尔旅馆

斯迪尔旅馆（Steel House），亦如它的名称，一楼大厅、服务台、厨房、网吧，都是用钢构做的最简单的装饰。对于这种以钢构为装饰的房子，我以前并不习惯，可能因为国内这种装饰相对较少，因此，每每看到它，我都会情不自禁地想到经济凋敝、企业破产、工人失业等情况。后来在美国生活了一段时间，发现很多这类装饰的建筑，我不知道这种装饰的初衷，但也习惯了它的简单和它那原始的"美"。

在前台做好登记，然后直奔宿舍。打开门的那一瞬间，我不敢相信自己的眼睛，这个宿舍的床位就像一个巨大的盒子，由于床单、枕头、床架、天花板上的通气管、洗手间、浴室，全是白色，整个房间显得素雅、明亮。这不就是我一直想要体验的胶囊公寓吗？我为此而兴奋。多年前，我就听说过日本的胶囊酒店，因为它的设计很特别，所以，很想尝试着住住。但很遗憾，二〇一六年夏天去东京时，因为种种原因，选择了普通酒店而不是胶囊酒店，不过，那种想要体验一下的期待从未消失。今天，在这里与它不期而遇，很开心，也很兴奋。

我把行李放好，其他室友还没到，便冲了个澡，然后躺在床上，就迷迷糊糊地睡着了。待到醒来，已是夕阳西下。对面床上坐了个小姑娘，而且是个亚洲人。她扎着长长的马尾，化着精致的妆容，还有那很淑女的碎花裙，我猜她来自日本。她笑着说来自韩国，但会说点日语。好吧，谢谢她的体谅，我在心里说。她告诉我，她是来哥本哈根大学留学的，明天就是注册日，等她注册好，同时租到房子，就马上搬出去。我问她留学为什么选择丹麦，而不是英国或法国？她说因为上高二时，和父母一起来过这里，那时是春天，他们骑着自行车走遍了城市的每一个角落，她喜欢这个城市，虽然面积不大，但是却很有生活的味道。我有些羡慕她，小小的年纪，就有和爸妈一起出国游玩的经历，而我对世界的认知，只是缘于长大后的自己……

翻身起床，有点饿，想要煮点吃的。小姑娘告诉我，杂货店就在旅馆斜对面。我穿上外套出门。傍晚，街道上依然人来人往，风轻轻吹着，有点凉意。来到杂货店，快速挑选了泡面和火腿，然后回到旅馆准备晚餐。

旅馆的厨房在一楼大厅一侧，四面落地窗，空间也显得格外的大。房顶上橙黄色的吊灯，算是钢构搭建的餐厅里唯一的彩色。不过，我很喜欢这些吊灯，因为它们的外罩像个倒扣着的大瓷碗，有些古朴，也有些浪漫。这样的吊灯在北欧的大街上随处可见，可能因为北欧街道特别狭长，所以，这些吊灯不是安装在街边的灯柱上，而是由固定在街道两边的墙面上的长长的线牵着并悬挂在街道的上空。站在街道的一头，向另一头张望，那高高悬着的吊灯，自然地排成线，好像一只只小鸟停落在了线上。风起时，吊灯自然地随之轻轻摇摆，很婀娜，也很窈窕。有空时，静静地站在街边看吊灯随风跳舞，也是种享受。

可能因为时间尚早，餐厅里就餐的人并不多。我很快煮好泡面，坐在临窗的位子上吃晚餐。没想到我刚落座，对面走过来一个瘦瘦高高、扎着长长马尾辫的女生，她看我像中国人，于是，径直走过来用中文问候我。我很佩服她的眼光，也很开心有缘在这里相遇。她热好面，在我旁边坐下，于是，我们慢慢聊开了。

原来，她来自北京，从事对外汉语教育工作。大学毕业后，她参加了一个为期两年的非洲援教工作。援教工作刚结束，她便一个人出来旅行了。可能她年纪小且看上去瘦瘦高高，听完她的介绍，有那么一瞬间，我竟对她肃然起敬。记得十几年前的一个暑假，我在湖南大学参加一个英语暑期培训班，四个月的学习完成了，同学们都各奔东西，口语老师和写作老师问我，学习完成后去哪里，想做什么。那时的我，对未来有太多的迷茫，我想出去看看外面的世界，但却不知如何前行。我也想过是不是去国外做志愿者，但是，由于语言不通、信息封闭，最终只得放弃。最后，我选择了考研，当然，后续的生活也走上了不同的轨道。有幸和她相识，听她的故事，似是遇着了年轻时的自己，也似是遇着了年轻时的梦。我们一直聊到天黑，然后各自回宿舍休息。临别，我给她拥抱，希望她旅途平安。

　　哥本哈根的首夜，窗外繁星点点，风轻轻地，我爱这陌生的夜，也爱这熟悉的风……

瓦埃勒菜市场

　　大清早醒来，已过九点，美美地睡了一觉，昨天坐长途汽车带来的疲惫早已消失殆尽，伸伸懒腰从床上爬起。窗外阳光明媚，室友们多数已外出。对面铺上来自俄罗斯的小姑娘，因为昨晚很晚才抵达，依然睡得香甜。害怕惊醒她，我悄悄下床洗漱，然后轻轻拉上门，前往 The Coffee Colective 吃早餐。

　　决定去 The Coffee Colective 吃早餐，一方面是因为它很平民化却又不失名气，另一方面是因为它位于瓦埃勒菜市场内，我很想去看看这个全世界有名的菜市场。

　　从旅馆出来，沿着 Norre Farimagsgade 大街，经过奥斯特公园，步行不到二十分钟就到达瓦埃勒菜市场。这是一个由茶色玻璃搭建的巨大的、封闭的"棚户"区域。之所以说它是"棚户"，并不是由于它的简陋，而是由于它的外观与中国部分蔬菜基地的"棚户"有几分相似之处。当然，这个"棚户"更加精致和庞大。由于天气晴好，刚到十点半，"棚户"外露天的鲜花和水果市场已人来人往，

135

室外的桌椅上坐着不少吃早餐的人。

　　我怀着极大的好奇心，想目睹一下它的芳容。来不及在室外转悠，我直接从正门进入，刚跨到大门口，就禁不住感叹，这个菜市场真的与我想象的菜市场太不一样。这里没有地摊，没有鱼腥味，也没有讨价还价的声音。每个商铺都是由钢筋搭建成的大小不一的小格间，但由于商家使用的装修面和店面设计风格不尽相同，远远望去，整个菜市场干净、整洁、漂亮，是市场，却更像是商场。

　　The Coffee Collective 就在市场入口处。尽管市场开门只有半小时许，但在店里排队等候的人已经不少。咖啡店的店面不大，位于顶部的店面招牌为樱花色，看着便觉温暖；而木纹色的工作台和吧台，显得与自然很贴近。咖啡店里开放的工作台，更是无意间拉近了店员与顾客的距离。我简单地点了咖啡和可颂，便在临近转角处的吧台坐下，慢慢开始新的一天。

　　很幸运，可颂很好吃，外皮很酥软，并带有淡淡的清香味。一个人的旅行真好，在这里坐着，望着玻璃窗外人来人往，不需要与人商议在此停留的时间，不需要与人商议后续景点的选择，静静地坐着，真自在……

　　我的咖啡尚未喝完，一对头发花白的丹麦老夫妇在我旁边座下。我微笑着向他们说早上好，他们也笑着问候我。就这样，我们各自打开了话匣子。听老爷爷说，他和太太二十年前从罗斯基勒搬到这里，后来一直未离开。他们的家就在市场后面。五年前，他俩退休了。退休后，他们过得很清闲，只要没有别的事情，他们早上都会来这里喝咖啡，傍晚来这里购点食品和啤酒。在这里久了，市场早已成了他们生活的一部分。他的太太喜欢这里的烤饼，觉得香而不甜，而他喜欢这里的海鲜，觉得鲜而不腥。和他们聊着天，不知不觉，我已开始羡慕他们在慢慢老去的岁月中，依然如影相随。

不知是他们退休后的生活相对单调，还是觉得我很可爱或很友善，简单说完他们的故事，老爷爷便兴致勃勃地和我介绍着市场的历史，这有点超乎我的意外，但却是我的最爱。

听他说，瓦埃勒菜市场的历史可以追溯到一八八九年，当时的经营地不在市中心。一九八〇年左右，建筑设计师 Flemming Hertz 提议对市场进行改造，但他的方案因各种原因而最终流产。直到一九九七年，另一名建筑设计师 Hans Peter Hagens 在杂志上发表文章，谈到他对于菜市场进行改造的构想，才慢慢引起官方的注意。在此之后，又经过长达十年的讨论，最终政府决定采用 Hans Peter Hagens 的方案，并由他主管对市场进行重新建设的设计工作。

Hans Peter Hagens 根据他的构想，将菜市场设计成现在的样子。二〇一一年，市场建成并正式对外开放。瓦埃勒菜市场在设立之初的宗旨是建成对原材料、餐饮文化和食品文化尊重的菜市场。市场内的经营者一直秉承该理念，致力于为消费者提供新鲜、美味且多样的食品。现在，市场内共有八十多个商家在此经营啤酒、咖啡、水果、蔬菜、鲜花、海鲜、肉类、糕点、甜品、奶酪等商品，每周来这里购物的人多达六万。人们在这里经营着他们的生意、生活，也经营着他们的幸福！

很感谢老爷爷的讲解，临近十一点，我和他们告别，然后继续在市场内转转。实际上，除 The Coffee Collective 外，瓦埃勒菜市场还有很多有名的食品店。比如，位于市场中部的 Grod，就是一家人气很旺的丹麦粥店。

说到粥，相信大多数中国人都很熟悉。在做粥时，我们习惯用大米作为主料，通过加热熬制。关于辅料，地方不同，口味不同，辅料也不同。比如，我的家乡湖南，人们喜欢在煮粥时加上绿豆，借此降火除湿。而广东地区，更多人喜欢皮蛋瘦肉粥。丹麦的粥与我国大多数地区喝的粥有较大的区别。他们煮粥一般不用大米，而是直接用燕麦、豆浆或牛奶冲制。待燕麦、豆浆或牛奶冲制好后，人们可以根据自己的喜好加上各类水果、无壳类坚果、已煮熟的各种蔬菜作为辅料，以增加它的味道。由于这些辅料色泽鲜艳，当粥被盛放在小小的瓷碗里，从外相上看相当漂亮。我想，如果有机会在这里吃个早餐，也是不错的选择。

Brioche Doree 的甜品也很有特色。它的店面 Logo 红白相间，十分显眼。店里的甜点基本都是将水果、奶油和面包相结合并做成不同颜色、不同形状的小点心，看着十分诱人。想尝个新鲜，我买了个小点心，下面是类似可颂的锅状小面包，上面放着草莓粒，然后一起进行加工，待到可食时，从视觉上看，草莓与面包是融为一体的。我心翼翼地尝了一口，面包的清香与草莓的清甜交织在一起，典型的淡淡的香甜味，很好吃。

我边吃边逛，虽然不爱喝酒，但却喜欢这里的啤酒店，因为那透明的、整整齐齐排列在酒架上的酒瓶真是别具一格的装饰。当然，这里的海鲜店也别具特色。例如 Fiskerikajen，店家将店面的店铺招牌、店顶、柜头进行了精心设计，走近它，就像走近蓝色的海洋。

　　到十二点，我已基本转遍了市场的每一个角落。很喜欢这个市场，因为它的食品很新鲜，更因为市场的干净、整洁和明亮。实际上，无论走到哪里，无论在哪个国家，我都爱逛逛菜市场，因为它与老百姓的生活息息相关；同时，好的菜市场，带给我们的不只是快乐，还有幸福！

新港

从瓦埃勒菜市场出来，跨过两个路口，就到了 Gothersgade 大道，沿着 Gothersgade 大道向东直行大约二十分钟，就到了新港。

新港虽然其名为"新"，但实际并不是新建的港口。它是始建于一六六九年并于一六七三年竣工的一条运河。哥本哈根三面临海，由许多岛屿连接而成。为促进当时市内经济发展，哥本哈根市政府决定修建运河，将海水引进市中心，以便来往船只可以入市停泊。据说新港建成后，很快带动着当地经济的发展，大量的船员在这里停留，妓女、小酒馆等也在新港随处可见。

新港的西端入口是一个以"锚"为标志性建筑的纪念广场。说它是建筑，其实有点牵强，因为这个"锚"实际可能不到两米高，且由于"锚"和支撑它的木柱组成的人字形结构较其他建筑更加简单，想必很多人不会将之与建筑相提并论。来到这里旅游的人，很容易忽视它的存在。偶尔有小朋友在这里嬉戏，抱着"锚"转圈圈，也没能给它带来多少人气。出生并成长于内陆地区的我，对于"锚"

十分陌生。但当我获悉这个"锚"是用于纪念二次世界大战中牺牲的一千七百多名丹麦海军官兵时，顿时又心生感动，为二战中逝去的生命，无论他们来自何方……

从"锚"纪念广场向前走几十步，就到了运河西端。可能为了方便船舶停靠，也可能为了方便游客参观，运河西端建有一个由巨大的石块砌成的正方形的站台。站台上站满了人，我小心翼翼地爬上站台，慢慢地挪到了正前方，整个新港刹那间映入眼底。根据目测，运河大约二十余米宽，河中停泊着许多带桅杆的小帆船、白色小游艇以及木制小渡船。天气十分晴好，河水也似着上了蓝色调，一片湛蓝。每当小渡船在此划过，船桨溅起的白色的水花，伴着船上游客们的欢呼声和笑声，一路东去，漂亮得很……

运河的左边便是新港最有名的由红、黄、蓝、绿、橙、灰、白等色彩装饰的排屋。对于这种色彩鲜艳的排屋，我在新加坡的小印度区域见到过。小印度，顾名思义，是印度人在新加坡的集居区。他们在那里经销包括各式香料、咖喱在内的印度商品。但由于那些商品总是含有浓浓的香粉味，突然接触让我很不适应。于是，我未在那久留便匆匆离开。新港的排屋与新加坡小印度区域的排屋不同，其底层是各式啤酒屋、甜品屋和西餐馆，这里没有浓到刺鼻的香料味，空气也清新得很。因此，它吸引了无数的游客在此停留。人们在这里拍照，谈笑风生，累了找个位子休息，点上丹麦有名的嘉士伯啤酒或喜欢的主食，迎着阳光谈天说地，很是惬意。

除了一楼的商业门店外，据说排屋还一直是当地居民的居所，不少丹麦名人也曾在这里安家。例如，童话大师安徒生先生，就曾三次搬到这里居住。他首次搬到新港居住是在一八三四年至一八三八年，当时住在新港右侧的二十号公寓，并于一八三五年发表了享誉世界的《讲给孩子们听的故事》的第一册。一八四八年，周游列国回到丹麦的他又把家安在了新港。为享受灿烂的阳光，他选择了运河左侧六十七号，而且，这一住就是十七年。在他生命的最后两年，他又再次搬回了新港，并住在与夏洛特堡宫同一侧的十八号。如今，来新港参观的人，多数只为感受运河、排屋、天空相互映衬的美，但也有不少人来这里是为探寻安徒生先生的足迹。

运河的右边背阳，在此逗留的人相对较少。但位于西端的夏洛特堡宫依然很受欢迎。夏洛特堡宫竣工于一六六九年，但自一七五四年后，该宫殿改为皇家艺术学院，主要用于培养艺术人才和进行艺术交流。

穿过人群，从站台下来，我沿着运河右侧慢慢向前。在这里，随处可以看到热爱艺术的人在创作，有的写生，有的摄影，有的做街头艺术表演……说真的，无论何时何地看到他们，我都会禁不住驻足。我不知道其他人看到这一切的感触，但我常觉得这些作品往往带着自由，带着孤独，也带着感伤。运河中间有一座石桥，桥边几个小伙子组成的乐队在那里表演西城男孩（Westlife）的歌曲，一曲《My Love》，伴着有点沙哑的声音在河畔回响，我瞬间有些难过，为失恋的人，也为一直在寻找爱的路上蹒跚的自己。

运河的东端是入海口，一座天桥将哥本哈根两个最大的岛屿相连接。我随着人群踏上了天桥。天桥的中间部位用黄绿色玻璃隔出了一个自行车和行人的分道区域。下午两点多的阳光明晃晃地晒着。从桥头看，好像大桥的整个中间部位都被着了色。当人们从这里走过，像是走进了一个悬着的彩色的立体空间。桥的两边，是风平浪静的大海，海水像蓝宝石般蓝到耀眼。又一处海天一色！我不得不感叹。

站在桥头，耳边阵阵微风拂过，头发被风慢慢卷起并不断地拂过脸颊，轻轻地，柔柔的、软软的，我很喜欢这种感觉，因为它容易让人忘却自己，忘却逝去的忙碌，也忘却前进路上的艰辛。

从天桥下来，沿着运河往回走，跨过石桥，来到运河的排屋一侧。我想找个餐馆吃点东西，并感受一下这里的休闲。石桥边的四十七号的 Mcjoy's Choice 餐厅听说很不错。于是，我在它的露天餐桌前坐下，服务员送来菜单，简单地点了炸猪肉土豆，便静静地候着了。

餐厅前的过道很宽，游客成群结队地靠在街边的石墙上，聊天、拍照、休息。天气很热，不少人买着冰激淋，站在太阳底下“畅饮”。而运河右侧的建筑，则自然地成了他们娱乐的背景。应该好好练习速写，我在心里这样说。因为我坚信此时此刻那是把自己的情感留住的最佳的创作方式。

十几分钟过后，服务员送来餐点。小片的五花肉被炸成金黄色，去皮的小土豆锃亮锃亮地躺在旁边，盛着白色调味品的小银碗放在中间，两片紫色的萝卜隔着小银碗放在了左边，切得极细极细的香菜叶撒在了肉片和土豆上，看似很轻盈。它是诱人的，至少从色泽上看，我这么认为。

一切就绪，开始安静地用餐。五花肉吃起来又香又脆，这可能与它在炸制前没有用其他调味品腌制有关。小土豆如同我在北欧其他国家吃到的一样，很鲜嫩。在一个陌生的城市，吃到适合自己口味的食品，对此，我倍感幸运。

下午三点，我从新港离开，有些不舍，但旅程依然在继续。我默默期待着下一站的惊喜。

美人鱼

　　从新港出来，阳光依然很强烈，但气温不高，这有点像中国的秋天。早上出来，我穿着卡灰色的外套，希望借此挡风，最后却成了保暖的工具，心里暗赞自己的明智。慢慢沿着 Toldbodgade 街向前，想去看看美人鱼——丹麦的象征。

　　关于美人鱼，似乎在很小的时候就有听说。但那时家乡相对贫困，我们的生活里没有文学，没有童话，有的只是日出而作、日落而归的农耕生活。因此，那时听到的美人鱼的故事与安徒生的《美人鱼》的故事相去甚远。至今，我依稀记得，在很遥远的海里，生活着一个人身鱼尾的怪物。有一天，这个怪物游到了岸边，给周边群众带来了极大的恐慌，很多村民因为害怕而死亡……因此，在小时候听到的故事里，美人鱼实际是怪物或坏蛋的代名词。但是，我长大后有机会到城里念书，真正读到了美人鱼的故事，这才知道，原来美人鱼是真诚、善良和勇敢的象征。

　　二〇一六年二月，由周星驰先生执导的电影《美人鱼》在国内上映。很多人喜欢这部电影，有的因为导演很有名，有的因为演员的表演很出色，也有的是因为影片关于环保的创意。因为这部影片创造了新的票房纪录，我有些好奇，也为了看看电影中美人鱼的样子，在上海中山公园龙之梦影楼观看了影片。但很可惜，我没有爱上它。影片关于轮船内部的背景设置给我的感觉就是脏、乱、差，而部分人物的造型、化妆和语言差不多可以和丑陋相提并论。电影本身是艺术创作，但这种艺术创作不应当以故意丑化某些东西、某个人物来博取观众的笑声。记得前些年，我们随时可以在电视上看到一些以丑化中国农民、中国农村为题材的小品或电视剧，后来，不少人厌倦了这种表演，它们也就慢慢地退出了大众的视野。我相信，生活中的美是多样的，而艺术创作，更多的是要提炼这种美，并让观众从中受到启示，从而不断创造属于他们自己生活的美。因此，每当回忆这部电影，我都十分期待亲眼看看丹麦这个美人鱼，希望它能带给我不一样的感受。

美人鱼雕塑位于长堤公园的港口的岩石上。据说，它的创作是因为嘉士伯创始人卡尔·雅克布森对于以《美人鱼》为题材的芭蕾舞十分着迷，于是，一九一二年，他委托丹麦雕塑家爱德华·艾瑞克森创作了这个举世闻名的雕塑。

艾瑞克森任职于丹麦皇家美术学院，在观看美人鱼芭蕾舞剧后爱上了主演艾伦·帕丽丝。在知道帕丽丝怀孕后，艾瑞克森的妻子爱琳·埃里克森发现了他们的不正当关系，十分生气，而艾伦只得怀着孩子嫁与他人。后来，艾瑞克森以安徒生的《美人鱼》童话为题材，以他的妻子为模特，创作了美人鱼铜像。但是在丹麦，至今有很多人认为美人鱼实际上更像艾瑞克森的情人艾伦，而非他的妻子爱琳。当然，美人鱼究竟像谁这不重要，重要的是它的出现让我们看到了童话里的美人鱼的现实模样。

经过半个小时的步行，跨过了奥菲莉娅广场、吉菲昂喷泉，我终于来到了长堤公园。临近美人鱼的长堤上站满了人，站在人群中，由于我个头比较矮，即便踮着脚，看到的只是人们的后脑勺。随着队伍慢慢向前，最后来到美人鱼所在处时却发现，她真的很小。我需要爬下长堤，近距离地看看她。攀着石块来到岸边，找到一个站脚的地方，我稳稳地站着，然后戴上眼镜，静静地打量着她。她侧坐在石块上，双眉紧皱，小巧玲珑的嘴紧紧地抿着，目光忧郁，满脸愁容。在她身后，是一片蓝色的海洋，海水缓缓地向前流着，她却永远地留在了这里……

那一刻，我的情绪好浓，好浓。她的忧郁，带给我忧伤。从她的愁容里，我读懂了她的孤单、无助和无奈。人生就是这样，在有限的生命中，都会遇到些幸运，但也会遇到些不幸。无论幸和不幸，我们始终期待懂得、陪伴和温暖。在她的故事里，她曾有过幸运，与她爱着的王子相遇、相识。但最终她是不幸的，因为她爱着的王子迎娶了别人，而她忍受着如刀割般的疼痛，最终成了阳光下的泡沫……爱情故事，很多时候就是这样，相爱容易，相守难，我很小就从邻居姐姐的爱情故事中理解了这一点。

邻居姐姐叫燕子，她有一个哥哥和一个姐姐。由于我们两家按家谱排序在很久以前应是本姓，关系很近，于是，在还没有到上学的年纪，我便常跟着他们玩。可能由于出奇地乖，他们对我分外怜爱。因为与他们待的时间多，有时还被戏称是亲生兄妹，并自此结下了深厚的情谊。由于他们比我年长较多，我还在上小学时，他们便陆续有了恋爱对象。但燕子姐姐的恋爱过程并不顺利，她的恋人比她年长十来岁，长相平凡，家境贫寒。她的爸爸十分反对他们约会。由于她的妈妈因病过世早，因此，父亲的命令如铁令，如此的沉重。

在我的记忆里，有好多次，她因为约会被爸爸追打。每当她遇到风险，总是哭泣着跑到我家寻求我爸爸妈妈的保护。我的爸爸和妈妈一向待人热情且乐于助人，每每发生这类事情，他们总是一个劲地劝说燕子爸，给孩子一个自己做主的机会，日子总会好起来的。但她的爸爸很固执，这样追追打打的日子持续了好几年，最后无奈同意了他们的婚事，但婚礼从简，没有像样的礼服，也没有像样的嫁妆，有的只是一个贫穷的家。

婚后她和先生一直勤恳持家，日子过得简单而平静。近些年，他俩一起外出打工，赚了钱并在镇上盖了新房，儿子也早已为人父，小日子过得倒也幸福。想必年轻时，他们一起追逐爱情的那份辛苦早已变得云淡风轻，但我，却把它深深地记在了心里。

　　我久久地坐在堤边的石块上，海浪不断地拍打着堤坝并发出清脆的响声，那撞着石块的花白花白的浪花溅起好高……不太想离开，因为美人鱼的孤单，因为海的无边，还因为关于爱情的记忆。我就这么静静地坐着，看人来人往，看落日西下，希望今晚的她，安然入睡；希望今夜的自己，整夜无梦……

克里斯钦自由城

记得在中学的历史课本中学过，人类社会形态的进化和更替是从原始社会、奴隶社会，到封建社会、资本主义社会，再到社会主义社会和共产主义社会。由于共产主义社会暂时未出现，我们没办法去探视它的真实状况，但对于其他社会形态下的真实情况，我们都可以从历史的研究和现实社会中感知。如果用自由、民主、繁荣等类似词汇所包含的价值来表示高级文明的话，那我不得不说，现在我们所处的社会，应该是历史上最高级的文明社会。

然而，凡事均无完美。即使生活在最高级的文明社会，由于社会资源分配不公、公权力乱用、私权利被侵害、经济发展停滞等普遍性社会问题时有发生，依然有人想要挣脱普通社会中统治者与被统治者的束缚关系，建造一个所谓的无政府、无约束的"乌托邦"。在哥本哈根的市中心，就有这么一个用于社会试验的"乌托邦"——克里斯钦自由城。

克里斯钦自由城是位于哥本哈根市中心的一个无政府主义的自

治公社，占地三十四公顷。它于一九七一年建立，那时正值嬉皮士文化在欧洲流行甚至泛滥，一群嬉皮士打着自由的旗号撞开了一块废弃的军事基地的大门，并宣告成立克里斯钦自由城。在这个自由城里，没有私有财产，没有政府管理人员，人与人之间没有等级之分。他们有自己的货币系统、邮局、卫生所、学校等，同时，他们不接受丹麦政府的管理。这种极端的政治主张迎得了一部分嬉皮士、艺术家和无政府主义者的支持，他们从世界各地来到这里安家，甚至不惜为此成为无国籍人士。他们在这里进行自由创作，并用二手商品建设稀奇古怪的房子。至今，有近一千人生活在这里，包括二百多名儿童和七百多名成年人。

但是，由于嬉皮士的生活形式的特殊性——用公社和流浪的生活方式反对政府对公民权利的限制，反对民族主义，反对战争，反对社会阶层的存在，因此，由嬉皮士建立的克里斯钦自由城，天然地带着嬉皮士文化的典型特征。另外，由于他们想要通过使用药物、毒品等来改变他们的内心，很长一段时间内，自由城也成了自由、毒品和性的代名词。

可能由于我自小在相对正统的家庭环境下成长，且是个乖乖女孩，因此，对于这种以自由、毒品和性为特征的文化始终无法认同。于是，在北欧的最后一天，我怀着几分好奇、几分不安决定去克里斯钦自由城——一个自诩为"乌托邦"的地方看看。

天气依然晴好，准备出发之前，宿舍里一位来自荷兰的小妹妹告诉我，克里斯钦自由城比较危险，有部分街区禁止拍照，建议我不要带相机。于是，我把相机放进了旅行箱，简单背着包出发了。

由于克里斯钦自由城不承认自己隶属于欧盟，因此，自由城的入口有一个由两根木头竖立起来的牌坊，上面写着"欢迎离开欧盟"。沿着一条小道向前，小道的周围杂草丛生，废旧的商品横七竖八地被扔在草丛里。对此，嬉皮士们用一个很好的理由来解释这种现状，那便是热爱自然、尊重自然、保护自然。当然，对此我很难认同。小道边一面高高的墙向前延伸，墙面上、墙边的电线杆上，都是各种奇形怪状的涂鸦。可能由于这些涂鸦的色彩很暗淡，使用的人物形象怪异且部分语言相对暴力，在这里走过，真的需要些勇气。

幸运的是，来这里参观的人很多，因此，我并不觉得孤单。沿着小道跟着其他旅客一起向前，慢慢可看到自由城的房子。这里的房子很多是用破铜烂铁建造的，且几乎都被涂鸦。由于涂鸦过多，有些房子会分不清哪里是门、哪里是窗、哪里是阳台、哪里是滑板道。另外，这里还有被涂成全黑的小屋，如同墨汁般的黑。我不知道其他人看到这些房子时有什么样的感想，但我不得不说，在我的脑海里，那时出现的字眼似乎只有恐怖二字。

沿着小小的街道继续向前进入社区中心，便可以看到不少社区居民。他们有的踩着自行车在街道间穿梭，有的拎着啤酒瓶坐在街边看人来人往，有的叼着大麻或烟在街边吞云吐雾，有的捧着破旧的吉他在那里自弹自唱……由于自由城主张毒品和性自由且没有环卫人员，因此，在街道上随处可以看到啤酒瓶、烟头甚至避孕套。

　　实际上，丹麦是禁止吸毒的，而自由城的人认为人们应当享有吸毒的权利。为此，两者之间发生过不少冲突。为了避免自由城被政府强制收回，自由城禁止吸食毒品，居委会还制定了自己的法律并张贴在了社区中心的墙上。当然，这个所谓的法律，实际上类似于我们的村规民约。比如，这里禁止暴力、禁止枪支、禁止开车、禁止武器等。

　　慢慢地，我跟着人群来到了普舍尔大街（Pusher Street）街口，也就是毒品街街口，这里禁止拍照。我是个胆小的人，没有勇气走过这条短短的街道，只能站在街口张望。据说整条街只有一百米长，却有四十多个毒品交易商店。整条大街挂着彩色旗条，不知道自由城特点的人，可能会误认为这里有什么节日的庆典活动，实际上这只是他们的最常见的装饰。大街上挤满了人，偶尔可以看到三五个人追追打打、歇斯底里地叫嚷……整个街区弥漫着熏鼻的怪味。这一切都让我深感害怕，害怕一不小心有那么几个毒贩由于毒效发作或毒品交易失败而冲向人群并制造恶性事件……为了安全，也为避免见着那些粗野的场面，我沿着另外一条小街快速离开了普舍尔大街。

　　在自由城里，也有一些小型的商店，如自行车行、咖啡店、餐厅等，但是，由于那些奇怪的涂鸦，使得所有的商店看起来都有些阴暗。这里偶尔也有音乐会，居民们会邀请一些艺术家来这里表演，顺便推广他们的理念。临近海域的地方，会有一些破烂的船只停泊，从那些船上放着七零八碎的碗具、破旧的地毯等，可以猜测这是某些居民的居所。而船只远处，是哥本哈根漂亮的港口，港口边停泊的高大的邮轮与这一切形成了鲜明的对比。

自由城的破败主要因为没有工业，没有经济收入。这里的居民，很多都是靠政府救济生活。他们生活里需要的水、电、天然气也由政府提供。现在来这里旅游的人多了，很多小商品经营者开始从这种旅游经济中受益。据悉，为确保自由城的持续性，二○一二年，自由城接受政府提议，同意出一千三百万美元购买政府强制出售的部分土地，而自由城内其他区域，每年向政府支付一百万美元左右租金并继续使用。但是，由于土地购买款对于自由城的人而言像个天文数字，居民们能否筹集到还是个问题。有意思的是，尽管这里经济条件十分落后，没有市政设施，但要申请成为这里的居民的人依然很多且很难实现，因为申请者必须与这里的居民有某种联系，而且需要获得社区居民的同意。

我从自由城离开，内心已没有了那份入城时的不安，也没有了在毒品街时的害怕，但是，却多了些许思考。社会的发展总是有它固有的途径，不论社会结构如何变化，终究很难出现绝对的自由，因为人类社会是由人与人组成的群体性组织，群体性组织的生存和发展以有序为前提，而有序源于管理、源于分配也源于一定程度的自我权利的让度。

自由城的居民为他们崇尚的"真正的自由"而选择在这里"隐居"。也许有人会说，他们享有比一般人更多的自由。但在我看来，他们享有的自由依然是有限的，只不过相对于普通百姓，他们接受政府的监管相对有限而已。但正是因为这种极度有限的监管，他们不得不面临经济的落后、社区的凌乱，以及生活的无助……我不知道自由城最终的命运将走向何方，但无论如何，它的存续，让人类有了对这种微型社会的组织形态进行研究的机会，也让我们有了对现实社会进行反思的空间。

　　和自由城再见，再见的是一个社区，也是一种另类的社会形态……

克里斯蒂安堡宫

如果说自由城是社会自由的极端状态，那王宫生活可能是社会约束的极端典型。从自由城出来，在教堂边的 The Organic Boho 吃过午餐，我便决定去克里斯蒂安堡宫看看，想去感受一下同一城市不同的社会生活形态。

克里斯蒂安堡宫在国家博物馆对面，跨过 Marmorbroen 桥，就正式进入王宫区域。王宫区域分为马场和宫殿两部分。马场又包括宫殿中前方的沙场和位于南边的马圈。与普通牧场和百姓家的马圈不同的是，王宫马圈的廊柱全部为大理石柱，马圈的两扇铁门之间大理石柱顶部设计成皇冠形状，上面刻满了精致的雕花。马圈里几匹马驹静静地站着，也许它们早已习惯了和不同的人打交道，当有人走近时，它们会抬起头看着，但不惊慌。马圈前面有一条宽阔的过道，过道的一旁放着马车、马鞍饰品等。以前在电视里看到过英国女王的黄金马车，那种奢华让人叹为观止。眼前的马车，它是一八四〇年由亨利·法夫设计建造的，虽然其奢华程度不及英国女王的马车，但是，轿厢外面涂有二十四克拉的金箔和轿顶四角的四个镀金的皇冠，也充分显示出它的尊贵。整个马车呈船形，由六匹马拉动，轿厢前有司机驾驶座位，通常由一名司机驾驶。马车轿厢的后面原来站一名猎人和一名骑手，现在一般是王室成员和卫兵，共同保护国王或女王。王室成员的出行，就是如此的讲究！

从马圈出来，没走几步，就是宫殿前门。克里斯蒂安堡宫是个品字型建筑，整个大楼外面为黑灰色，我不知道这是不是与其经历过多次火灾有关。据了解，克里斯蒂安堡宫是克里斯蒂安六世在位时建的新王宫，它建于一七七三年至一七七五年间。但是，一七九四年的一场大火，整个宫殿被烧毁，许多价值连城的珍宝都毁于一旦。一八〇三年，腓特烈六世登基后，开始了宫殿的重建工作，并于一八二八年竣工。但是好景不长，一八八四年，克里斯堡宫再一次遇到大火，只有驯马场和宫廷教堂幸免于难。此后，克斯堡宫又进行了几次翻建修复才有了现在的样子。现在，南边大楼是丹麦议会所在地和皇家接待室，北边大楼是最高法院和总理办公室，因此，它是世界上名副其实且唯一的集行政、司法、立法为一体的政府办公大楼。

东边大楼一楼设有购票处，我购票后沿着国王楼梯进入二楼参观。二楼开放参观房间包括国王接待室、会议室、书房、宴会厅等。由于同属巴洛克风格建筑，宫殿内部装饰风格与凡尔赛宫十分相似，大量使用镀金和大理石，天花板上有巨大的壁画，墙面装饰多用绘画和雕塑框架，为加强房间光线和明暗对比，每个房间都装有大型水晶吊灯等。可能由于这种装饰带给人的感觉太过华丽，身为普通百姓，在这里走走，我竟然倍感压抑。不同的生活环境，不同的人生历程，不同的人生向往，可能就是这样。我喜欢老百姓家的简单朴素，喜欢老百姓家的欢歌笑语，那种生活的样子不同于自由城的放浪，也不同于克里斯帝安堡宫的华丽，但有真正的生活的味道。

尽管克里斯帝安堡宫的装饰于我而言太过华丽，但是它的书房和厨房却让我记忆深刻。宫殿内有两间书房，面积约为二十多平方米，所有的书架上都密密麻麻地摆满了书，但这不过是所有女王藏书中的一小部分。沿着书房慢慢转了一圈，竟然发现不少书柜里的书都夹着书签，这显然有人阅读过，我有点吃惊。原本以为王室的书是用来展览而不是私人借阅的。正当我有些迷惑时，看到书房北面有个小小的说明。根据说明，这里收藏的书都是关于世界上不同的国家的传统文化和礼仪之类的介绍，而借书对象主要是丹麦首相。当首相举办午宴或晚宴接待外宾时，为不失礼仪，需要事先学习和了解外宾国的传统文化和礼仪。我不是国家工作人员，不了解国际政要接待中的严格程序，但从首相向王室借书这一现象，可以想象国宴举办的不易。而王室成员，他们的一举一动无时无刻不代表着国家，因此，他们的言行举止，定然有着与众不同的要求、标准和约束。

克里斯帝安堡宫的厨房位于正门右侧地下室，不知是不是因为它需要另行购票，去参观的人并不多。我想去看看它，一方面是因为自己喜欢烹饪，另一方面是想感受一下王室厨房的样子。王室厨房面积很大，分区域陈列了各类厨具，这些厨具都被漆成了橘红色，十分鲜亮。但是，由于整个厨房建设年代已久，它的设计和装饰都比较陈旧。但从各类餐具的配备说明和电子屏上的厨房录像看，准备王宫宴会真不是件易事。每当接到宴会会单，工作人员从定制餐单，到选择原材料、运输、储藏、制作、传菜等，每道环节都不得有半点疏忽。由于丹麦人注重自然的保护，其菜品与挪威相似，特别讲究天然，因此，在制作奶制品、甜点和时蔬时，工作人员更加谨慎，力求最终出来的东西清鲜、淡然。每一场宴会，对于工作人员是职责，更是一种考验。而出席宴会的人员，从王室到宾客，都需要遵守各自的规矩和礼节。这些规矩和礼节代表着王室的尊严和权力，只不过这种尊严和权力与生俱来。与此同时，因为王室成员有着特殊的尊严和权力，他们在享受着人们的爱戴时，想必也自然地承受着某些与众不同的负累，只不过我们不曾看到或经历而已。

记得在二〇一七年圣诞节，我因为生病而没法外出，独自躺在华盛顿的家中。一个人待了几天，感觉有些无聊，朋友推荐我看看《罗马假日》，一部经典的黑白电影。我躺在客厅的沙发上把电影看完，最后泪流满面。电影中的公主在欧洲出访，来到罗马，她因第二天要出席的公务感到难受而情绪失控。医生给她注射了镇静剂，而她却在大家离开后选择了出逃。在短暂的出逃途中，她认识了美国人乔伊——原本要参加她的记者会的记者，在他的引荐下，她体验了以前从未有过的自由生活。她可以到发屋理发，可以随意地吃冰淇淋，可以在大街上自由奔跑，可以放声大笑，可以……她尽情地享受着她的自由，并爱上了乔伊。但最终因为考虑到作为王室人员身份的厚重，她还是回到了王宫，按部就班地履行着自己的职责。而她与乔伊间短暂的爱情，也没有了结果……

　　这个故事很动人，主人公的公主身份带给她的束缚让她不堪重负，也让观众们心痛。去自由城，看到嬉皮士们生活的潦倒；到克里斯帝安堡宫，看到王室成员生活的华丽，突然发现，作为普通老百姓，真的很难去评价哪种生活方式更美好，哪种生活方式更幸福。也许——适合的，便是最好的。

步行街

  我是个简单朴素的人，无论到哪里旅游，我都没有购物的习惯，但是却喜欢在大街小巷走走看看。从克里斯蒂安堡宫出来，对于社会生活的多样性有了新的理解，于是，在哥本哈根也是在北欧的最后一个傍晚，我决定去步行街看看，看看它的商业街，也看看它的繁华。

  哥本哈根的步行街是世界上最长的步行街，长达一公里多。它东起新国王广场，西至市政厅，由五条主街组成商业区，有两百多家世界品牌在此设有店面或旗舰店。从市政厅沿着主街慢慢向前，主街的地面都是由清一色的小石板铺砌，由于岁月时久，路面光滑而干净，看着很舒服。每隔几十米，街边就设有长凳，逛累了的人们可以在此休息。街道的两边多是三层楼的排屋，不同的颜色，同样的高度，看着整整齐齐。与中国的很多建筑不同的是，哥本哈根的建筑层高远高于中国楼面的层高，因此，外墙上的玻璃窗户也显得特别高挑。傍晚时分，夕阳斜斜地掠过南面房顶，照在北面的墙面和窗户上，形成街上唯一的自然光亮区，很有味道。喜欢购物的人在这些名牌店面进进出出，好不热闹。我无意进店看看，就这样沿着街道，夹在人缝中安静地向前走。可能习惯了孤单，很喜欢这种在陌生人中穿行的感觉，不需要言语，只是漫无目的地走着，任思绪飘飞，随时可以把自己放空。很久没有这种感觉了，忙忙碌碌的日子里，人总是容易忘记生活里随意的样子……

不知不觉，我来到步行街的中心地带——阿麦广场。阿麦广场中心是座建于荷兰文艺复兴时期的鹳鸟喷泉。喷泉周围挤满了街头艺人，有弹唱演奏的，有画画的，有表演杂技的，还有跳舞的……对于这些街头艺人的表演，我一如既往地喜欢。来到一个小姑娘身边看她的画作，真漂亮。她画的油画，主题多是新港、国王广场和步行街，色调特别柔和，看起来很清新。为了好好出售自己的作品，她把作品装裱在大小不同的画框内，同时给买画的人一个即时的简笔画像相赠。站在她的旁边，呆呆地看她作画，真是种享受。突然间，耳边传来响亮的喝彩声，踮起脚看看，原来几个小伙子组成的舞队，在喷泉的另一边跳起了 Hip Hop。说真的，可能由于 Hip Hop 太过新潮，我以前一直不喜欢它，觉得它没有内涵，且太过嘈杂。后来，有幸认识了来自土耳其的 Adam，他擅长吉他，也喜欢舞蹈，Hip Hop 跳得很出色。在英国学习时，在布莱顿的海边，下课后同学聚聚，他很喜欢向我们展示他的舞姿，很帅气，也很迷人。此后，我虽然仍不喜欢 Hip Hop，但也改变了对它的看法。眼前的小伙子们跳得正热烈，旁边观看的人也越来越多。我慢慢移近，由于游人过多，但始终只能在外围徘徊，无法看到他们的"庐山真面目"。但透过人群，我依然可以感受到他们的情绪高昂。艺术就是这样，很多时候，不在于你用什么样的形式进行表达，而在于你所表达的东西能否引起人们的共鸣。

阿麦广场，在繁华的街边，给喜欢艺术的人一个表演的空间，也给了过往行人一个了解这些艺人的机会，我爱这里，爱这里的自由，爱这里的包容，也爱这里生活的多样性。

除了鹤鸟喷泉外，阿麦广场六号建筑也十分有名，因为世界闻名的哥本哈根皇家陶瓷厂、格犹吉森银器厂、候姆皋玻璃器皿等公司的销售总部都在这里。从大楼前面走过，可以看见橱窗里陈列着的各种各样的丹麦工艺美术品。傍晚时分，华灯初上，店里的商品在灯光的照耀下也格外引人注目，很多游客在这里停留，精心挑选他们钟爱的物品。看着从店里出来拎着满包礼物的游客脸上的笑容，我理解他们的快乐，也理解购物带给他们的幸福，只不过，我不是其中一员而已。

走过阿麦广场，继续沿着主街向前，在街道左边有个世界吉尼斯纪录博物馆。在这里，你可以看到世界上最高的人、最矮的人、最胖的人、最有力气的人、吃铁最多的人，等等。放在门口的世界上最高的人的塑像，有不少人过来围着他拍照。我没有购票参观，当然，更没有拍照留念，因为我实际上有些害怕世界吉尼斯纪录。这种害怕，不是因为这些出奇的数字带给人的震撼，而是这些数字背后的人的非正常性带给我的难过或担忧。这种非正常性很多情况是由于基因变异而带来的意外结果。但正因为它的非正常性，现实生活中，这些人的生活处境会比任何一个普通人更加艰辛。记得刚从中师毕业时，听说中国云南某地有个"小矮人国"，在那里生活的人们都患有侏儒症。他们因为同样的病情、同样的生活现状而走到一起，并通过向观众表演各类节目获得基本的收入。因为有伴，我们可以看到他们脸上的笑意，但我们无法体验他们内心的真实感受。我对这类表演从来不感兴趣，也不曾围观，只因为心里永久地存着一份难过和怜悯。来到人间的生命，对于很多的事情，都有自我决策的权利，但也有很多事情，天生不具有决策权。我很是可怜生命的异样，也很是感叹他们生活的不易。希望在不远的将来，有那么一些制度可以应运而生，为他们的生存、生活保留一份关爱，也保留一份该有的尊严。

从博物馆前走过，我慢慢走到步行街的尽头，行人依然那么多，天空的星星也凑热闹似的全亮了起来。哥本哈根的夜是安静的，没有夏天的炎热，倒有秋天的清凉。偶有海风拂过，轻轻地甩甩头，甩掉一份疲惫，甩掉一份忧虑，也甩掉一份迷茫。

旅程依然在继续，我明早将离开哥本哈根前往德国，踏着月光，慢慢又折回市政厅，再回到旅馆。室友们还未回来，我又开始了行李打包。间歇时站到窗前，低头看到街上高高悬着的路灯，竟莫名地感动。因为那光亮，沿着街道直直地向前，照亮了我回来的路，也照亮了他人回去的路。我不知道这样的来去之间，有多少的故事在发生，又有多少人记住了此刻的故事……

真的要和北欧再见了，有些感伤，在这个风平浪静的夜晚……

后 记

二〇一九年十月十一日上午，上海枣阳路边的星巴克里，不少人在这里聊天、看书、休息。而我在这里，安静地写完了本书最后的章节，并写上后记，以此来纪念这段难忘的日子。

依然记得新年年初，在从北卡罗来纳州的夏洛特回华盛顿的车上作出写书决定时的情景。那时，巴士经过弗吉尼亚州的里士满时，天色已晚，里士满满城的灯光，让我瞬间爱上了那个城市的夜空，头脑也变得异常清晰。

新年之旅开始前，我特意把想要温习的功课做了梳理，这样，新年后的学习将会更加轻松。可能自幼习惯了忙碌，轻松的日子实际还未开始，便先开始了惆怅，担心时间会在轻松的日子里偷偷地流逝。我害怕这种时光的偷偷流逝，于是，从里士满到华盛顿的路上，一直在思考，我应该做点什么来使自己保持忙碌且充实的状态。要不，就写本书吧，一本关于北欧旅游的书，我是这么想着。

美国东部的冬天，有些阴冷，且不时下着大雨，我的新年之旅有很多的遇见，也有些疲惫。但待到巴士驶入华盛顿特区，心也自然地轻松了。从巴士站坐地铁回到家，已近晚上九点，简单地热了点食物，就睡着了。一个漫长的夜，我睡得很深沉，也很踏实。第二天，花半天时间把出行穿过的衣物清洗整理，然后到超市购物，再给自己做个精致的午餐，算是对自己的犒劳。待到午后，疲惫消失殆尽，一切似乎又都回到了原来的样子。

坐在床头，打开电脑，翻看北欧旅行的照片，寻找那最初的感动。当鼠标指针划过每一张照片，那曾经经历的点点滴滴又一次浮上心头。是该好好写点什么纪念这段旅程，也纪念自己的成长，我对自己说。于是，我在电脑上慢慢写下了本书的框架。

可能因为我从小喜欢文字，也可能因为我对北欧的这段旅程有着独特的感悟，后续的写作从文字方面讲算是很顺利。但是，由于在学校常常参加一些有趣的活动占用了我大量的时间，有时某些章节的写作也会出现思绪上的断层。而要将这些断层的思绪进行整合，往往需要情绪的培养也需要时间。七月回国后，我又开始了另一职业的忙碌，于是，写作也变成了时间夹缝里的事情。正是这些情况的存在，本书写作前后持续了近十个月的时间。

但我依然记得在 Rosslyn 的星巴克，点杯咖啡，坐在靠窗的位子，静静地敲打文字的情景。累了，抬头看看窗外行人，或在旁边的公园转转，心情便会自然地放松。我也记得在 Tenlyton 的校园里，坐在学校的 Lobby 写作时的情景。我的那些可爱的同学们，常常不经意地来到我身边，找我聊天，甚至做些恶作剧把我吓坏，然后开怀大笑……

很是怀念那些情景，也很是感谢在校园里认识的来自美国的 Diana 老师、Michael 老师，来自意大利的同学 Dario、Salvatore，来自法国的同学 Julien，来自韩国的 Suhoon，来自中国台湾的同学 Venessa，还有来自瑞士的朋友 Julien Pascal Friche、Marco Stuer，等等，和他们相识，让我的学习生活充满了快乐，也让这本书的写作获得了更多的动力。

记得多年前给自己六十岁后的岁月许下的愿望——与文字为伴。当时许下这样的愿望是因不时有写点什么的冲动，但在那些忙碌且不安定的日子里，所有的冲动都是那么脆弱，稍不留意，就被忙碌和辛劳冲得一干二净。现在，有幸将六十岁后的愿望提前开启，对于结果，没有太多的预测，只是借此追忆那难得的旅程！

谨此，为本书之后记，也为本书之记忆！